U0014511

B棟11樓

藤井樹（吳子雲）著

十一年

〔新版序〕

十一年前，我二十七歲未滿，剛在高雄開了一間咖啡館，叫作「橙色九月咖啡館」。同年，我寫了一本小說叫《B棟11樓》，我朋友問我為什麼是十一樓，不是十二樓或五樓，甚至是地下室？

「因為我喜歡十一這個號碼，因為我爽。」當時我這麼回答，這個答案現在感覺起來像個幼稚又任性的孩子。

如玉從二〇〇一年就開始當我的編輯了，有時候我真想問她為什麼這麼想不開？別人的書應該比較好編，而且他們應該不若我這麼龜毛又自溺。

說到我的龜毛和自溺，我一定要仔細地說明一下。

我對很多事情很龜毛，我承認，不然就不會常有拖稿的狀況發生，因為拖稿不一定只是作者偷懶引起，大多數還是因為對作品太龜毛所導致。雖然我的作品拿到檯面上其實也不怎麼樣，就只是娛樂功能書，但總不能大家都想做名留青史的事，娛樂方面的就沒人管，對吧？

我很努力在寫在完成，我對得起自己，也對得起大家所認為的「吳子雲很龜毛」。

我對自己很自溺，其實是我個人的幼稚引起的。我過去的女朋友跟我說過，我是個以自我為中心的人，而且非常明顯。只是還好我懂得替別人著想，不然我一定是個自私大魔王。

是的，我很溺愛自己，所以我所寫出來的東西也很自然地會成為我溺愛的一部分。因為如玉了解這一點，所以她偶爾想改動我的作品，會很惶恐地寫信來問：「這部分可以改嗎？」

答案通常是：「除非有錯字，否則不給改。」

你看，我真是個以自我為中心的幼稚鬼。

只是，面對自己的作品，我無法不以自我為中心，也因為只有以自我為中心，我才能真正找到對自己作品負責的立場。「不然，你早就變成那種隨著觀眾口味跟要求在改變自己的八點檔編劇了。」我朋友這麼說。

因為不給改習慣了，一習慣就十幾年，後來她也放棄了，我的自溺就這麼一直持續下來，直到現在。

至於我的龜毛，其實只是我對封面有要求。早在跟出版社簽第一本《我們不結婚，好嗎》的出版約時，我就只要求一件事：「印刷前我要看封面。」

然後二十多本書下來，封面的 style 經過多次改變，終於找到了一個一貫風格，而且這個風格是我認同的。

大概兩年前，有一次在書店裡，我正在考慮要把自己的書拿到比較顯眼的位置去放（咦？），聽到旁邊一個男生對他的女朋友（？）說：「這封面不用看名字就知道是吳子雲寫的。」我才真正了解了一件事：

「原來我已經老到一個創造自己的 style 的年紀了。」

我是不清楚如玉是不是因為知道我喜歡十一這個號碼，所以在《B棟11樓》問世滿十一年的今天決定改版《B棟11樓》跟《這城市》，但我很喜歡這個安排。

今年，我正在努力拍自己的第一部電影《六弄咖啡館》，並且將在二〇一五年上映。我只希望不會在十一年之後，才有機會拍《B棟11樓》。

吳子雲　寫於二〇一四年十一月　《六弄咖啡館》電影前置作業期

［作者序］

在動筆前的《B棟11樓》

一個特別的節日，一通電話，一餐豐盛的晚餐，一群好久不見的朋友，這四句話可以構成什麼樣的畫面？我想，每個人所想到的都不一樣。

大談相識當年的青春往事，毫不客氣地笑談朋友的糗事，忘不掉曾經令自己，也令朋友們感動心悸的故事，問問彼此生活的近況與埋藏已久的心事，空氣中充滿著一種有溫度的快樂，當下的氣氛總會讓自己有一種直接的感觸：「友情歷久一樣濃，這句話應該是真的吧？」

好像很久沒有這樣的感覺了，當我們都長大了以後。每個曾經朝夕相處的朋友，那些許久之前攜手共進的夥伴，一個個都變成一個代號、一支號碼，更感嘆的是，自己還時常忘記打電話去問候曾經的他和她，忙碌變成了最誠實的謊話。

有時會在朋友的聊天當中聽到，那個誰誰誰真是個有心人，每一次的相聚，他永遠是那根針，那條線，在你我之間穿梭著，不時把我們繫起來。

B棟11樓

當這樣的話傳進自己的耳朵裡，總不禁會泛起一陣愧疚。

「啊！為什麼有心人不是我？」

無憂無慮的生活漸漸地被時間推遠，現實生活很快地佔據自己一天二十四小時的時間，就算是學生也一樣，這個時代確實為每一個人帶來了許多的無奈。

似乎自己未來的生活已經被定型了一樣，就算你倔強著不前進，這世界卻由不得你。

所以，當有心人把那些陳年老友一個個串起來時，總會是我們的脆弱氾濫的時候。

「友情歷久一樣濃」，這句話無時無刻不在被證明著。

大概是受到這樣的氣氛感染吧。在某個跟一群好久不見的朋友一起泡茶聊天的聚會當中，我得到很多感觸。好多陳年的往事被幾個記性好的朋友翻出來討論，像一幕幕的影像在腦海中上演，不管當時的事件是快樂的還是悲傷的，時間雖然沖淡了當時情緒的濃度，卻更加深了此刻心情的感觸。

「他被她打了一巴掌之後，竟然還笑得出來？」

「笑是因為我決定要讓她難看。」

「我在那個很機車的國文老師的抽屜裡放了一個假大便，她應該到現在還沒有查出那是誰放的。」

「靠！那個假大便是你放的喔！她以為是我做的，還打電話去我家問我媽我是不是心裡有過傷害什麼的……」

我好喜歡聽這些話，尤其是摻雜著彼此笑聲的時候。像一杯香純的紅茶，再加上濃郁的鮮乳一樣甘醇。

很可惜的是，這一杯奶茶不可能買得到，品嚐的機會也是少之又少。

為了保存這一份甜香，我別無他法，只能用文字記下它。

寫《B棟11樓》，對我來說，其實可以說是一種突破，也可以說是一項測驗。

我不能說這個突破是絕對好的，因為這也是我的第一次。我更不能說這一項測驗我可以拿到好分數，因為分數不是我打的。

但在動筆寫《B棟11樓》之前，我做了很多功課，比起之前所有的作品，《B棟11樓》可以說是工程浩大。

因為裡面牽涉了許多我從未接觸的事，憑空想像對一部作品來說是大不敬。所以我到處請教，能問就問，有課就上，沒課就買書，許多沒去過的地方，都必須實地走訪一次。

當然，我的功課還沒做完，因為我不知道在創作的過程中，我還需要什麼樣的資料，我只能把握手中現有的，然後在創作的過程當中，盡全力去挖掘。

很多朋友知道我在寫《B棟11樓》時都笑說：「光聽你說主要的故事結構，我大概就可以猜測這棟建築物的雄偉，光是地基就得耗費一番工夫吧！」

聽完，我總是笑一笑，同時感謝他們給我的支持。

這是我第一次把一部作品當工作來做，而我的老闆是所有觀看這一部作品的人。

你們或許沒辦法想像，我有多麼希望這一部作品可以讓你們覺得「好」。但是，難就難在這個「好」字。

在網路上創作的時間已經邁入第四年，回頭想想一九九九年時，懵懵懂懂的自己，對創作一無所知，心裡只有一股傻勁：「我要把這個故事寫完。」

當然，這股傻勁是讓我不斷創作的動力之一，我很慶幸自己有創作的續航力，但當我開始慢慢地接受「創作已經不只是生活，更是責任」的時候，本著自己對創作的熱忱與初衷，現在的我，應該重視的已經不只是續航力而已，更要告訴自己，我是一艘船，而我該航向哪裡。

《B棟11樓》必須是一部不同於以往的作品，我給自己這樣的期望。

我期待著這一趟航程是順利的，更期待航向不會有所偏移。

記得曾有許多人問過我：「你最喜歡自己的哪一部作品？」

我總是這麼回答的：「我不敢喜歡自己的作品，但我會努力讓自己去喜歡自己的每一個下一部作品。」

我對《B棟11樓》有很大的期待，但這一份期待對我來說是恐怖的。

因為，我很想很想喜歡它。
各位老闆，現在，我要開始打地基了，不久之後，歡迎你們來看房子。

藤井樹（吳子雲）二〇〇三年一月六日　於高雄市

B棟11樓

01

阿居是個男孩子，很不像話的男孩子。

阿居姓水，一個很特別很特別的姓，他的全名叫作水泮居，一個活像建商廣告的名字。

阿居說，他爸爸知道他媽媽懷了他的時候，就為了取他的名字而煩惱了二百八十天，一種超級嚴重的首胎妄想症，讓他爸爸在那九個多月的時間裡剛好瘦了二十八公斤。

還好，水爸爸當年胖得有點不像話。

水爸爸是個國中老師，一臉文人至聖的模樣，稍帶福態的身軀，讓他看起來有點像神仙。他寫得一手好書法，左鄰右舍在年節期間都會請他揮毫幾張。

水媽媽是個文盲，國小只念了半個學期，注音符號沒知道幾個，卻有著非常非常不可思議的日文能力，也燒得一手很讚的菜。

當她看見自己的老公為了孩子的名字日漸消瘦，她很乾脆地說了一句話，也因為那句話，脾氣特好的水爸爸第一次跟水媽媽吵架。

水媽媽說，我懷他二百八十天，你瘦了二十八公斤，那就叫他水二八啊！

「水二八？聽起來有點像某一場戰役的名字。」

我第一次聽到這名字，就是這麼回應阿居的。

阿居的名字問題一直沒有解決，就這樣當了近半年的無名國民。

那半年裡，水爸爸水媽媽是這樣叫阿居的：「水水水水水水水……」

後來，也就是阿居出生後約半年，水爸爸在水媽媽懷孕期間因為教師荒，自願請調到南部的請調書核准了，他們家從宜蘭搬到高雄，住在左營的蓮池潭附近。

「我爸說，搬到高雄的第一天晚上，我盯著蓮池潭看了好久好久，終於讓他知道該給我取什麼名字了。」

阿居說，水姓源自浙江，在清朝的時候人數最多，水爸爸的爺爺以前是清朝的某地方小官，水爸爸對這件事有著不知做何解釋的某種情結，所以他這輩子最大的願望，就是回到浙江去看看。

遺憾的是，水媽媽在阿居高三的時候過世了，水爸爸受了很大的打擊，身體狀況一天比一天差，幾個月後，水爸爸也走了。

水家搬到高雄的時候，剛好住在我家隔壁，我跟阿居從小一起玩到大，我們上同一所小學、同一所國中。

後來，我家搬到比較靠近市區的地方，阿居送給我一顆石頭，上面是他用書法寫的字，他說，水爸爸每天都跟他一起寫兩個小時的書法，這是他第一個書法作品，送給他最好的朋友。

前面說過，他是個很不像話的男孩子，他的不像話，是你們永遠都無法預測的。

他用書法在石頭上寫了三個字，三個英文字——「Wish you well」。

在大學聯考的前一天，阿居打電話給我，說要來找我，電話裡他的聲音是低沉的，我從來沒有聽過他這樣；當他騎著腳踏車出現在我家樓下的時候，他的表情是痛苦的，他說他要找人聊聊天，我從來沒有看過他這樣。

我以為他會流淚，但他說水媽媽不准他哭。

水媽媽的死，對阿居來說，像是身體裡的器官當中，突然被挖走了肺，她的過世，讓阿居開始天天呼吸困難。

後來我們考上了同一所大學，同是大一新生，且同住在一間宿舍裡，但有一陣子，一連好幾天，阿居都沒有來上課。

一天晚上，阿居從高雄打了一通長途電話給我，電話裡他的聲音是低沉的，我第二次聽到他這樣，心裡有不祥的預感。

回到台北之後，他找我聊天，在學校宿舍外面的草坪上。原來，不見他人的這幾天，阿居一直待在高雄處理水爸爸的後事。

水爸爸的死，對阿居來說，像是身體裡的器官當中，又突然被挖走了肝。

「為什麼被挖走的不是心？」我毫不客氣地問他，因為我覺得如果是我，我會如心已死一般地痛苦。

「因為爸爸走之前，叫我要留著一顆善良的心，善心之人如春園之草，不見其長，日有所增。」

那晚，阿居哭得很慘，像是把這輩子所有的眼淚都哭盡，還預約了下輩子的一樣。

真的，阿居是個很善良的男孩子，我可以打包票，這輩子我的生命中將不會再有人比他更善良。

水爸爸走後，阿居開始自食其力，直到今年我們將升大三，他從來沒有停止過打工。

麥當勞、加油站、便利商店、送報生……這些工作讓他可以不愁自己的學費，卻必須愁生活費。

但他的善良，卻寧可讓自己三餐泡麵，也要每個月到孤兒院去當義工，買禮物送小朋友。

有時約他一起去逛街，目的是要知道他喜歡什麼，在能力範圍內可以送給他，但他卻時常自掏腰包，花一百元買一條殘障人士在賣的青箭口香糖。

有一次，我跟他走在西門町，他第一次開口向我借錢，投了一百元到那個趴在地上、缺了手腳的乞討者的小盆子裡。

「借錢做善事，就沒有意義了。」我拿出一百元給他，嚷嚷著說。

「但是你想想，錢我還有得借，我也有雙手雙腳去賺，但是他呢？」

我跟阿居不時聊到我們的夢想，因為我經常告訴他，身無分文沒關係，因為夢想是最大的財富。

「我想在陽明山上買一棟屬於自己的房子。」我說。

「我想去洛杉磯陪著湖人隊東征西戰，看完整季的NBA球賽。」我說。

「我想到義大利、到德國，我想在他們的無限速道路上狂飆法拉利。」我說。

「我想有一個對我來說百分百的女孩，我的心、我的肺、我的所有都可以無條件給她。」還是我說。

阿居只是聽，從來沒有說過他的夢想。

直到那天晚上，阿居重拾他已經荒廢了好幾年的書法，在一張白色宣紙上寫下了那一句話，我才知道，一個人的夢想，原來跟自己心裡最深處的願望息息相關，所以那些我說出來的、我想去做的，都只是一些普通的事情而已。

「我想回浙江，帶著我的爸爸媽媽。」

這是阿居，我的好朋友。

原來一個人的夢想，與他心裡最深處的願望息息相關。

02

凡是認識阿居的人，一定都會對他口中常提到的三個人印象深刻，即使沒見過，也會充滿好奇，希望在將來的某一天，能和這些傳說中的人物見上一面，甚至認識一場。阿居常在其他的朋友面前說，「你一定要認識他，對你一生受用不盡」，當他講完這三個人的某些事蹟之後。

第一個是我，我本身沒什麼好說的，認識我也沒什麼受用不盡的，所以就跳過去吧。

第二個是他的初戀情人，沒有人知道她的全名，包括我在內，所有聽他提起過她的人都只知道她的小名。對阿居來說，她的小名比她的全名還要神聖，還要高不可攀。曾經我對阿居嚴刑逼供，要他吐露她的名字，呵癢彈耳朵藤條打腳底板等等招式都試過，但他不說就是不說。

阿居的初戀情人叫作彧子。每次阿居講到她，總會拿出紙筆向人解釋。「不要亂唸，這個字不唸『或』，這個字跟『玉』同音，跟我一起唸一遍，彧——子。」然後在場的人就會跟著他一起「彧——子」。

他跟彧子的故事有好幾段，每一段都讓人印象深刻。

其中有一段，在阿居講完故事的同時，也逼出了我的眼淚，我這輩子第一次聽故事聽到哭，就是拜阿居所賜。

也就在這個時候，我不再叫她彧子，改叫她水彧姑娘，雖然我也沒見過她。會叫水彧姑娘，顧名思義是替她冠了阿居的姓，阿居起先是反對的，他覺得不經女孩子同意就這麼稱呼人家，等於是吃豆腐，但他又拿我沒輒，聽著聽著也習慣了。

水彧姑娘跟阿居其實並沒有在一起，到底是什麼原因，阿居總是以一句「緣分造弄」帶過。從阿居的眼神中，我看得出來，緣分是被冤枉的，就算真是緣分讓這兩個有情人不能終成眷屬，我想阿居一定是允許緣分這麼做的人。

阿居的朋友都看過水彧姑娘，但看的都只是他皮夾裡的那張照片。照片裡的阿居跟水彧姑娘兩個人像是剛認識的朋友一樣，分站在照片的兩邊，中間是一棵樹，兩人身後一片茵紅色，像是某種植物的花瓣散了一地。

水彧姑娘長得好漂亮，細眉鳳眼，像深山的清晨裡，一澗清流潺潺地滑過白色溪石的景色一樣，讓人不禁駐足細賞。

阿居說，現在好像也只能用照片來思念她，而沒有其他方法可以再見她一面。我問阿居為什麼不去找她？阿居只是搖搖頭，然後說，「找得到的話，我早就找了。」

阿居最後一次見到她的時候，水彧姑娘並沒有多說什麼，阿居知道他們即將分開，所以送了一顆石頭給她，上面只寫了「居」字，阿居希望水彧姑娘永遠都不要忘記他。

B棟11樓

而水或姑娘給了阿居一封信，但嚴格說起來，只是一張寫了兩行字的紙。

日日思君不見君，只願君心似我心。

這是北宋李之儀的〈卜算子〉，原文應該是：

「我住長江頭，君住長江尾，
日日思君不見君，共飲長江水。
此水幾時休，此恨何時已，
只願君心似我心，定不負相思意。」

這闕詞是阿居告訴水或姑娘的，在他們認識的第一天晚上。

這部分又是另一段故事了，改天叫阿居來告訴你們。

我跟阿居是從小到大的好朋友，可是我從不知道水或姑娘到底是什麼時候出現的，但每當我看到阿居在書桌前看著她的照片時，我就替他覺得惋惜，或許水或姑娘真的是阿居這一生中的唯一吧！

講完了水或姑娘，接下來就是皓廷了。

皓廷姓韋，三個字寫起來很好看，雖然不是什麼少見的名字，但是這個「韋」姓替這名字加了好幾分。

B棟11樓

「請不要把我的姓唸成『偉』，正確的讀音是二聲，謝謝。」

他非常介意別人把韋字唸成三聲。

皓廷是我大一時的室友，是個課業全能、體育滿分的大男生。通常這種人只會出現在小說裡，但當他第一次在我面前扣籃的時候，我差點跪下來當場拜他為師，只見他拿著球往我走過來，一臉很不好意思地說：「別驚訝，這個籃球場因為曾經地層下陷的關係，所以不到三百零五公分，其實只有兩百九十五公分。」

一個身高一八四，體重七十的斯文大男生，功課又好，體育又棒，講話又溫柔，那他到底有什麼缺點？

其實沒什麼缺點，除了有點小孤僻，不太喜歡說話之外，大概就是他不修邊幅的性情了。

他永遠沒辦法理解，為什麼參加迎新派對，或者是同學的生日餐會時，一定要穿著華麗，又為什麼就算沒有華麗的衣服，至少也得儀容整齊。所以他常常以一身短褲涼鞋的打扮參加迎新，或是穿著破牛仔褲加一雙夾腳扁拖鞋就到錢櫃唱歌了。

「你沒有比較像樣的打扮嗎？」有一次在去錢櫃唱歌的路上，我不得其解地問他。

他說：「有啊，我打籃球的時候一定會很認真地穿上球衣跟球鞋。」

有一次跟台北護理學院聯誼的時候，他本來是背心、七分褲、灰色襪子外加一雙涼鞋就準備要出發了。他這一身打扮連不是非常重視門面的阿居都看不下去了，臨出發前二十分鐘把他拖回宿舍重新「裝潢」過。

這次裝潢的成果不錯，只是皓廷的運氣差了點，抽到他鑰匙的女孩是個身高只有一百五十六的小女生。兩個人相差近三十公分的距離，讓這個女孩坐在皓廷的機車後座，看起來就像隻小無尾熊。

小無尾熊其實長得很可愛，而且是可愛到不行的那一種。我說的是那個女孩子，而不是木柵動物園裡那幾隻。

小無尾熊有個跟她可愛的長相完全不相襯的名字，叫作李睿華。

她很喜歡腦筋好，又會運動的男生，而且重點是她夢想嫁給一個律師，因為她曾經看過一部電影《造雨人》，敘述一名剛接觸法律工作的年輕律師盧比．拜洛接下了一個連知名律師都不願意碰的老婦人委託的保險訴訟案，另外又與一名飽受丈夫虐待的年輕女子墜入情網的故事。

小無尾熊說她一直在等待生命中的盧比．拜洛，她覺得念法律的男孩子是最有魅力的，所以對之前醫學系、機械電子工程系的聯誼一點興趣也沒有。直到我們系上約了她。

阿居、皓廷跟我雖然都是法律系的學生，但我們一點都不覺得法律系有魅力到哪裡去。

她很喜歡皓廷，而且愛到幾乎要嫁給他的地步。

但他們在一起才沒有幾個月，睿華就決定離開皓廷。因為在睿華生日那天，耶誕夜的前夕，十二月二十三日，睿華一個人在宿舍門口等皓廷來接她，從中午到晚上。

「他愛籃球勝過任何東西，為了籃球，他賠上命也覺得不打緊。」

睿華在電話裡傷心地說著，這天她一共打了六通電話到宿舍裡來。很不幸的，六通都是我接的。

「我讓她等了十七次，一共五十九個小時。」

皓廷說這句話的時候，手上抱著籃球，在攝氏十三度左右的寒冬裡，滴著汗，也低著頭說著。

你說他不在乎睿華嗎？

我想不盡然，因為他連十七次，五十九個小時都記得很清楚，只是他無法擺脫對籃球的熱愛罷了。

生命中，每一個曾經出現的人對我們來說都意義深遠，只是怕你沒發現。

03

那個時候，我們才大一。

大一這兩個字對我們來說，是一個很尷尬的名詞。我們不敢說自己是大學生，因為高中時期的日子才剛過去，太多的青春印象與時間留下的味道都是朱筆黑墨染雲宣般的深刻，所以我們都認為自己是實習者，實習著所謂的大學生活。

一間寢室住四個人，除了阿居、皓廷跟我之外，還有一個哲學系的老同學。

為什麼會稱呼他為老同學？因為他大我們四歲，服完兵役又當了一年的業務員之後，才決定奮發向上考大學。

老同學的名字叫作孫亞勳，是屏東縣林邊鄉人。他說他是家中的長孫，出生時，爺爺奶奶很高興，堅持要替他取名字，兩個老人家還跑到附近的國小去請教校長，問小孩子該取什麼樣的名字才能為孫家帶來蓬勃之氣，結果他這輩子第一個名字叫作「孫滿堂」，笑翻了我跟皓廷、阿居三個人。

後來陸陸續續，孫家一直有小嬰兒誕生，有點驚人的是，亞勳的三伯母一口氣替孫家生了三胞胎，孫爺爺孫奶奶見情況不對，趕緊把「孫滿堂」這個名字改掉，就在亞勳用了「滿堂」這個名字五年多之後。而有些事情邪門得緊，亞勳才一改名字，他的伯母便很不幸地流產了。

亞勳退伍之後，一個人到台中賣起了車子，當時景氣不算差，他也存了一筆錢。有一天，亞勳認識了一位補習班職員，一個跟他年紀相仿的女孩子，在走進他的公司沒多久，就訂了一部新車，而且相當瀟灑地要亞勳在交辦事項結束、牌照領完之後，把車開到補習班去交給她。

「她真是帥呆了！第一眼就深深地吸引住我。」亞勳說這句話時，眼中閃著光芒。

就因為這樣，亞勳天天騎著他的偉士牌，故意到她公司附近的快餐店吃午飯。後來更是很乾脆地辭掉業務工作，到她的補習班去補習。

「她跟我打賭，如果我可以考上國立大學，她就願意跟我約會。」亞勳說這句話的時候，眼中還是閃著光芒。「所以，我可以考上這裡，是她給我的動力。」

「那你跟她有開始約會嗎？」

「有，我們交往了三個多星期。」

「三個多星期？」我跟皓廷、阿居三個人同時驚呼，這樣的時間真是短得讓人驚訝。

「後來我才知道，她一點都不喜歡我，跟我在一起，只是因為寂寞。」

我沒有談過戀愛，所以我不明白因為寂寞而跟另一個人戀愛的感覺到底像什麼。

我很用心地揣摩，如果我因為寂寞而跟一個女孩子相處，那大概就像我的家教學生一樣吧。

我的家教學生是個功課很好的女孩子，因為父母親都忙於工作，不放心讓她一個人在家裡，所以請我去陪她做功課。而她才高一。

她叫作周妤萍，通常我都叫她妤萍。她不太會跟我說話，課業上也沒什麼問題。雖然偶爾會拿個題目來問我，但總是在我講解不到一半的時候，她就會說一聲「我會了」，然後又埋首在她的題目中。

如果我因為寂寞而戀愛，那大概就像妤萍因為一個人在家太無聊，所以請我陪伴她一樣吧。

時間輾轉，一個學期就快要過去了。

我們之間最快陷入愛情裡的皓廷，在學期結束前的幾個星期失去了睿華。

那一陣子，皓廷總是最晚回到寢室的人，卻也是最早離開的。

亞勳知道皓廷為什麼難過，幾次想跟皓廷聊聊天，但皓廷總是對他笑一笑，說了聲謝謝，就揹起背包、帶著籃球，很快地離開我們的視線。

一間寢室四個人，皓廷的低迷情緒看在我們眼裡，就像是背上的傷一樣，平時不會看見它，但只要一個不小心碰到，會讓你全身上下都很不對勁。

睿華離開皓廷後，皓廷整個人都變了。籃球對皓廷來說，已經從喜愛變成了依賴，而且這樣的依賴很深很深，像一個剛出生的嬰兒，必須聽著媽媽的心跳聲才得以平靜一樣。

我們看著皓廷桌上那本《暗夜哭聲》從上個星期一擺到這個星期三，看著他的刑法總則翻開第四十二頁，過了一星期之後還是停在第四十二頁，看到他床上的棉被就可以知道他有沒有回來睡覺，看著他一下課就不見人影，餐廳裡也不曾出現過他的身影，亞勳、阿居跟我全然無計可施，只能看著他一天一天地憔悴。

想找到皓廷其實並不難，只要到籃球場就可以看見他。

他把所有的體力都用在球場上，三對三的鬥牛賽，他可以不斷地贏球，從日正當中到夕陽西斜，籃球不曾離開他的手上。

系隊的學長來到寢室好幾次，要請他加入系隊，我們每一次的轉告，得到的答案都是「不想去」；校隊的學長也來到班上好幾次，要他加入校隊，我們每一次的轉告，得到的答案都是「沒興趣」。

阿居問我，是什麼樣的依賴讓皓廷可以為了籃球廢寢忘食？

我不了解愛情，也不曾為了什麼而廢寢忘食，所以我只能搖搖頭，表示回答。

亞勳說，讓皓廷廢寢忘食的不是籃球，而是睿華。

這句話讓我跟阿居有了一點頭緒，我們跑到台北護理學院去找睿華，把皓廷的情形一字不漏地告訴她。

「本來我以為我喜歡的，是一個愛運動的男孩子，但後來我想清楚了，我愛的，是一個愛運動，但是更愛我的男孩子。」睿華很認真地說著，眼神中有形容不出的堅定。

「一點情面都不留嗎？」阿居急著問她。

「感情事談的是相愛，不是留著情面，卻又帶著傷害。」

「我覺得，皓廷很愛妳，他並沒有犯下什麼滔天大錯，只是放不開對籃球的熱愛而已。」我說著，卻感覺到語氣中摻著一絲顫抖。

「哪天他放不開的，是對我的熱愛的時候再說吧。」

面對這一次「庭外和解」的失敗，我跟阿居都很喪氣。

阿居說他不懂，如果真的相愛，為什麼不能多一些包容，卻只想到要分開？對於阿居的問題，我有著同樣深的疑惑。

我一直以為，兩個人相愛，愛屋及烏這件事會自然地成立。或許我們都為睿華考慮得太少，而皓廷的難過我們又看得太多，所以一旦無法跳脫出來看，這件事就沒辦法有一個公平的結果。

有一天，我們在念完了隔天要小考的民法總則，而亞勳則拚命地研究著他哲學系必修的 Logic 時，回頭看了一下皓廷的位置，深夜一點四十幾分，他還是沒有回來。

我們決定到籃球場找他，不論如何、不管他領情與否，我們都要跟他談一談。

完全沒有燈光的籃球場，傳來陣陣的籃球拍打聲，一個敏捷快速卻顯得孤單的身影，在這座寂靜的城市中，有著不知如何形容的蕭瑟淒清。

「我們今天去見了睿華，跟她聊了一個下午。」

阿居跟我站在球場旁邊，他的這句話引起了皓廷的注意。原本任我們怎麼叫，也只是簡單嗨個兩句的皓廷，終於在這個時候停了下來。

「找她做什麼？」

「救你。」我看著皓廷，故意冷冷地說著。

「救我？」

「對，我們不能再看著你繼續這樣下去。」

「我沒怎麼樣，課照上，從沒翹過一堂課，我正常得很。」

「是嗎？明天考什麼你知道嗎？」

「……唔……」皓廷沒有說話，他走了幾步路，把地上的球撿了起來。「她……好嗎？」

「我們不知道她到底好不好，但很明顯的，沒有你這麼糟。」

「是嗎？那就好，至少她比我快樂。」

「你能不能告訴我們你的難過？我們不能幫什麼，至少我們可以聽。」阿居拉住皓廷的手，激動地說著。

靜了幾分鐘，我們三個人沒有人再說話，深夜裡的籃球場好安靜，我彷彿可以聽見皓廷心中正在翻湧的痛苦。

終於，他癱軟了下來，跌坐在球場中央。

像是累了好久好久沒有休息的人一樣，他痛苦的疲憊在顫抖中宣洩，他軟弱的堅強在淚水中崩潰。

「我好想她……」皓廷哭著說。

淚水在球場中央炸開，滾燙地訴說著再也掩飾不住的悲哀。

有緣分牽手，就別輕易放手。

B棟11樓

04

事情好像就這樣過去了吧，皓廷與睿華之間的事。

我跟阿居雖然身為局外人，但我們都有一種不知道結局為何的感覺，卻又好像結局早就擺在眼前，只是我們還在等待著期待中的結局。像一滴晶瑩的水珠，我們都看見它掉到平靜的湖面上了，卻沒有惹起漣漪片片一般；像一碗泡好的麵，我們都知道打開蓋子之後會怎麼樣，但其實並沒有看見碗裡冒出裹著香味的白煙。

所以，期末考結束了，寒假來臨了，農曆年的腳步也慢慢地接近了。

可能是千禧年的關係吧，那一年台灣每一個角落都像是換了裝扮一樣，就拿首善之都來說吧，台北雖然表面上看起來沒有很大的變化，但走在路上會發現一些讓人感到驚奇的畫面：仁愛路上的安全島步道乾淨了很多，幾條重要幹道旁的行道樹也都經過了修剪，捷運站裡的廣告招牌也不一樣了，就連一些公車站牌都不知不覺地汰舊換新。

皓廷似乎漸漸走出失去睿華的陰霾，我跟阿居都替他感到高興。

一九九九年的寒假，我們算是最晚離開學校宿舍的學生了。不知道為了什麼原因，本來不習慣台北這種繁華炫目生活的我們，竟然選擇了在台北度過農曆除夕。

為了這一點，父母親都不太諒解我們的任性。當然，阿居除外，因為水爸爸跟水媽媽已經不在了。

皓廷的老家在雲林，一個充滿了純樸氣味的地方。

除夕這樣的時節，通常都是所有家族成員回家吃團圓飯的時候。當皓廷一通電話打回家，告訴他的爸媽，他將會留在台北過除夕的消息，所有的親朋好友輪流勸說他。

他的大姨婆帶了十大箱的柳丁，說他不回家過除夕就不給他吃。他的三舅公在自己的果園裡採了一整車的橘子，說他不回家過除夕就沒他的份。他的小表妹才五歲，抓起電話就哭，喊著「皓廷哥哥回來好不好？帶我去抓蝴蝶」。他的爸媽很嚴肅地要他馬上回家，多晚都沒關係。他的外婆使出親情戰術，說外婆很想你，回來看看外婆好嗎？

皓廷徹底地輸了，在電話這一端拚命點著頭說好。他掛了電話，聳肩無奈地對著我們說：「兄弟，我對不起你們。」

「怎麼啦？拗不過親情攻勢，被擊潰啦？」阿居笑著說，但笑容裡摻了一絲羨慕。

「是啊，所有的防守都沒用，尤其是小表妹跟外婆的聲音。她們不需要說什麼，只要一出聲，我有再大的決心也沒用。」

「我們陪你去搭車吧。明天就是除夕了，今天人一定很多。」我拍拍皓廷的肩膀，示意著他這一趟一定會很辛苦。

「沒關係的，必須擠車回家，才有過年的味道。」

我們兩台機車，從新生南路出發，左轉忠孝東路，皓廷要搭火車回到雲林，再從雲

B棟11樓

林轉車回到他的家鄉古坑。

一路上，皓廷很有精神地介紹著他的老家，他說古坑是一個神奇的地方，不管你是台北人還是高雄人，是宜蘭人還是台東人，只要你到過古坑，你就會覺得那是你的家鄉。

「整個村子就像一個大家庭，今天你家沒有煮中飯，你可以到隔壁家去吃。」

我不知道皓廷在說這話的時候是什麼表情，但我聽得出來，他的聲音裡，有一種說不出來的喜悅與驕傲。

「我想，你們要把我的份一起玩掉了。」皓廷要進剪票口之前，回頭對著我們說。

「那有什麼問題！我跟子學什麼不會，玩倒是不需要別人教。」阿居很得意地說著。

「到家打通電話給我們吧，不管多晚都沒關係，反正我跟阿居是打算不睡了。」

「好，你們好好玩，我走了。」

皓廷人高馬大，走路的速度奇快，一下子就消失在盡頭，我們在人群當中，只看見他伸出手對我們揮著說再見。

「子學，只剩下我們相依為命了。」阿居苦笑著。

「是啊，只剩下我們了。」

「時間還早，我們去打球吧。我們真的要練習一下，總不能每次打三對三，都只靠皓廷在贏球吧。」

我對著阿居點點頭，然後抬頭看了一下電子時刻表。一班往高雄的火車再三分鐘之後就要離開月台了。

雖然我的心情是輕鬆的，表情也是帶著微笑的。但自出生到現在，十八年來，我第一次在外地過年，總會有那麼一點害怕，又有那麼一點興奮與期待。

我想，人都是這樣的吧。

決定了某一件事情之後，就得割捨那必須面對的失去。

我決定留在台北過年，就必須割捨那一份對高雄的依戀、對家人的想念。台北不是不好，只是它終究不是我的家。

騎車的時候，我開始在想著，如果古坑真的如皓廷所說的一樣，不管你是哪裡人，一旦到了古坑，就會有一種回家的感覺，那依我現在對高雄的想念，是不是也可以在古坑得到思鄉之苦的解脫呢？

轉了一個彎，我們的學校到了。

我跟在阿居後面，校警很客氣地對我們點點頭，我跟阿居異口同聲地說了聲「謝謝你，辛苦了」，而他也回了一句「不客氣，新年快樂」。

學校裡還有一些僑生，他們三三兩兩地聚在一起聊天喝茶。趁阿居到樓上拿球的時候，我問了問他們是從哪裡來的，在台灣還習慣嗎？

他們都是從韓國來的僑生，相較於韓國的寒冷，台灣的冬天對他們來說像是開了冷氣的房間。他們笑我穿得很多，我只能苦笑以對。

「你們想念韓國嗎？」我問了一個不知道適不適當的問題，期待著他們給我一個驚訝的答案。

「Yes, we do.」他們連想都沒想，三個人同時對我說。

這是一個讓我驚訝的答案嗎？我想不是。

但在這樣的時候，這樣的問題所得到的答案，不管是 Yes 還是 No，我想都會讓人感到驚訝吧。

突然心裡頭一陣酸，我有一種想流淚的衝動。

爸媽人在高雄，他們好嗎？

外公外婆也在高雄，他們好嗎？

舅媽姑姑阿姨嬸嬸也都在高雄，她們好嗎？

阿居把球拿下來了，大聲喊著我的名字。

我看著他的背影往球場的方向跑去，眼淚終於奪眶而出。

我無法體會阿居的心情，甚至連揣摩都沾不上一點邊。我在想，沒有了爸媽之後的他，到底是怎麼撐過來的？

阿居不是沒有親戚，只是那些親戚沒有一個肯對阿居付出一點關心，他們在乎的只有錢，只有利。

我在感嘆著，也只能感嘆吧。

阿居的堅強與孤單，相較於皓廷和我的家庭幸福，真是天壤之別。

幾天之後，我們收到了皓廷從雲林寄來的東西。是用箱子裝的，裡面有很多柳丁跟橘子，還有用保溫壺裝盛著的，切好的年糕。

箱底有一封信，只有寥寥幾句話，卻在我跟阿居心中熨上了滿滿的溫暖。

子學，阿居：

好玩嗎，這幾天的台北？

我這幾天跑了好多地方拜年，吃了好多東西，昨天秤了體重，胖了三公斤，這數字有點嚇人。

我怕你們在台北沒東西吃會餓死，趕緊寄點東西給你們。

別怕，那是我們家自己種的，味道很甜喔。

皓廷

是啊，是啊，味道真的很甜，我們在宿舍裡，兩個晚上就把那些東西都嗑光了。

這就是人生嗎？

B棟11樓

幾顆橘子柳丁、幾塊年糕下肚，換來心中暢快的滿足，這就是人生嗎？

阿居說，這是幸福，一種短暫卻完美的幸福，他要我別把人生想得太美好。

或許吧，或許吧。

人生太美好，也是會讓人感到害怕的。

人生與幸福的定義，不可能是狹窄，也不可能是複雜的。

當下感覺到的生命意義，只有你才能體會它對生命的重要性。

05

像是忘了關掉的水龍頭一樣，時間不斷不斷地流逝著，只是時間不像水庫那樣有刻度、有管理人員在看顧，它再怎麼流逝、再怎麼被浪費，我想除了自知時間有限或生命即將終結的人之外，是不會有任何人有感覺的。

我們升上大二之後，我就沒有和皓廷他們住在同一間宿舍裡了。原因不是別的，就是因為宿舍抽籤。認識我久一點的人就會知道，我的籤運是世界級的糟糕。

每一次抽籤，我一定是籤王。

大一的時候，同寢室四個人，晚上經常提議買消夜，輪流兩字對我們來說像甲骨文一樣難懂，所以我們每次都抽籤決定，籤王去買。

除了皓廷跟亞勳各買過一次之外，我從來沒有離開過籤王的位置。

「幹！又是我！」

相信我，如果你不斷當籤王，你也會罵出髒話來。反正，我的籤運從來沒有好過，再贅述只是傷心而已。

亞勳跟我一樣沒有抽到宿舍，我們便一起搬到學校附近的一棟學宿。

那是一棟專門租給學生住的公寓，位於一條關徑頗深的巷子裡。公寓的一樓是兩間店面，一間是7-11，一間是全家；對面的一樓是一家洗衣店，聽說也是房東開的，而房東就住在洗衣店樓上。

我想他光是賺學生的錢就賺飽了。

房東把每個樓層都分隔為七間套房，最大的那一間有十一坪大，最小的是五坪。每個樓層都有兩台飲水機，每間房間附有一支室內電話。

我跟亞勳剛搬進去的時候，生活得挺不習慣。大概是因為男生宿舍住久了，一旦在宿舍走廊上遇到同樓層的女孩子，在擦身而過的同時，臉上的表情都不知道該怎麼擺。

更糟糕的是，我跟亞勳住在最頂樓的五樓，七間房間裡，有五間是女孩子住的。她們不是夜貓族，就是熱門音樂的愛好者。一個多月的觀察下來，住在五A、五C、五D這三間房的女孩子都已經有男朋友了，而那個住在五B的女孩，有很嚴重的失眠症。

亞勳住在五E，我住在五F，雖然編號是隔壁，但其實我們中間隔了一間五G。

我不知道為什麼E不在F旁邊，每次回到宿舍看見門牌，唸起來總會覺得怪怪的。

直到那一年的耶誕節，我跟亞勳住在那兒已經有近四個月的時間，卻從來沒有見過住在五G的女孩子。

「好一棟神奇的學生公寓。」阿居跟皓廷來找我們的時候，都會這麼說。

記得那一年是二〇〇〇年，九月，我們升大二。

皓廷為了生活找了家教的工作，雖然我的家境讓我不必煩惱錢的問題，但我還是陪著他一起去家教中心，我想感受一下拿到第一份薪水到底是什麼感覺。

阿居則在我公寓樓下的 7-11 找到計時工讀生的工作，他每天除了上課之外，就是窩在 7-11 裡面，星期六日放假的時候，他就到孤兒院去當義工。

我接到的第一個家教，輔導對象是一個剛升國二的小男生。

一直到現在，我還是沒能記得他的名字。因為他的名字很難寫，也很難唸，我只記得他的名字裡有個「蒯」，所以我都叫他小蒯。

這個字的唸法跟「快」差不多，只是蒯必須唸三聲。

他的程度很差，而且是差到不行那種。我第一次看到他的成績單，差點沒腦溢血。

小蒯的爸爸是水泥工，媽媽在自助餐廳幫別人炒菜。每天早上四點鐘，小蒯的媽媽就要出門去幫老闆開店、洗菜、炒菜，準備給要到工業區上班的人吃早餐。

自助餐廳開在工業區入口附近，那裡大型車輛來來往往二十四小時沒有間斷。

「那些大貨車像抓狂一樣橫衝直撞，好幾次都差點就被撞死。」

小蒯的媽媽每次說到這裡，我就替她捏一把冷汗。

小蒯的爸爸待在營建公司已經有十幾年了，經濟愈來愈不景氣的關係，公司接不到工程，收入愈來愈少，本來一個月還有八、九萬塊的收入，一下子縮了一半。

第一次到小蒯家，他的爸媽就講一大堆給我聽。本來小蒯還有一個弟弟，但是因為小時候生病疏於注意，兩歲就死了。

他的父母親要我注意他每一科的功課，不惜加碼鐘點費也要我教到他會為止。這一對為了孩子辛苦奔波的父母，低聲下氣地向我請求，除了認真教小蒯功課之外，我真不知道該怎麼辦才好。

所以，第一次上課的時候，我想先了解一下他在想些什麼。

我問他：「小蒯，對你來說，什麼事情最好玩？」

第一次，他沒有回答，只是用一種「麻煩你有點新意好嗎？你嘛幫幫忙……」這種老成的眼神看我，然後很虛偽敷衍地笑一笑。

第二次我問他一樣的問題，是在第二次上課的時候，他一樣沒有回答。而我會問他同樣問題的原因，是因為我交付給他練習的功課，他一片空白地還給我。

第三次我問他一樣的問題，而且多補上一句「如果你告訴我，我送你一個獎品」，試圖誘惑他告訴我他的想法，結果他給的回應，完全出乎我意料之外。

「你們也只不過是大學生而已，能送出什麼好東西來？」

後來我才知道，我是小蒯的第四個家教老師，前面三個女孩子都是被他氣走的。最久、最有耐心的一個撐了一個學期，終於引咎辭職。

我可以了解那幾個家教老師的心情，畢竟教導一個學生，花了時間精神陪伴，無非是想看見他們在成績上有進步，這樣才有工作上的成就感，賺不賺家教費，就顯得不是那麼重要了。

B棟11樓

就這樣過了四個月，阿居皓廷跟亞勳都給我拍拍手，他們說我打破了紀錄，終於站上撐最久的家教老師的王位。

在好友們拉炮慶祝買披薩狂歡的同時，小蒴的成績還是一樣亂七八糟。

撐最久是我教小蒴的目的嗎？那個海鮮總匯披薩真是食之無味。

他每一張考卷的分數都不及格，小蒴的媽媽每一次拿考卷給我的時候，都會對我說同一句話：「林老師，麻煩你多費心了。」

本來我都還會回應一句「這是應該的，您別客氣」，但後來，我連回這句話的臉都沒有。

有一天深夜，很冷，一月天的台北，氣溫低得好像要結霜一樣。

因為肚子餓到不行，又睏，為了期末考又不能睡，阿居跟皓廷貪圖我那台暖爐，也跑到我這裡住。

「幹！又是我！」已經買消夜買了一年半的我，籤王運仍然持續著。

我帶著滿肚子怨氣，在深夜三點多，騎著機車要去買永和豆漿。催緊油門的右手已經被風吹到沒有知覺了，包在口袋裡的左手卻暖得要命。

一個東張西望，在福和橋上，我看見一個熟悉的背影，一步一步地走著。

「小蒴？你這麼晚怎麼還在外面？」

停下機車，我先回頭看看會不會有車子撞上來。

昏黃的燈光中，我看見小蒯的臉上，有好幾道很清楚的血痕。他的頭髮被剪得亂七八糟，還剪禿了兩塊。

「小蒯！你怎麼了？」我一時情急，抓著他直問。

他慢慢轉頭看我，眼神有說不出的恐怖。

「子學老師，我問你，對你來說，什麼事情最好玩？」

我心一驚，雞皮疙瘩起了一身，我不知道一個才國二的小男生，為什麼會有這麼可怕的眼神？

我趕緊把他載回家，一路上，我一句話都說不出來。

想當然耳，小蒯的爸媽一定擔心到了極點。失蹤不到四十八小時的報案，只能協助，還不到受理調查的範圍。

經過媽媽的一陣詢問，小蒯終於說出他的遭遇。

小蒯被搶劫了，還被打了一頓。原因是他的同班同學，為了一個同班的女孩子。

他的同學本來就是小混混，很久以前就喜歡那個女孩，戲劇化的是，那個女孩子喜歡小蒯。

國中生的心態畢竟不夠成熟，這種傷害性的三角情節因此經常引發一些不愉快的事情，對方以為只要小蒯消失，那個女孩就會喜歡上自己。

小蒯在學校時，一天到晚被同學欺負，不是作弄他讓他出糗，就是要他買飲料請客。

我終於知道小蒯為什麼不肯好好念書。

因為他的同學警告他，如果小蒯的成績比他好，他就要給他好看。

是什麼樣的家庭教育教出這麼失敗的孩子？是什麼樣的父母縱容這樣幼稚無知幾近廢物的孩子？當我把這件事情告訴皓廷他們，皓廷很意外地冷靜思考著，反而平時比較冷靜的阿居氣得亂七八糟。

「後來怎麼樣了？」皓廷用冷靜的口吻問著。

「小蒯的爸媽決定要把小蒯轉學。」我說，深深地嘆了一口氣。

「不提出告訴嗎？我們可以去找學長幫他啊！操他媽的！這些鱉三俗辣，一定要給他們一點教訓！」阿居氣得滿臉通紅。

「他的爸媽不想惹麻煩，轉學是最快，也是最能解決問題的方法。」我喝了一口熱咖啡，順便暖暖自己的手。

「喂喂喂！子學，別忘了，我們是法律系的耶，一定要讓那個俗辣知道法律的公權力量有多大。」阿居氣到不知道自己在說什麼了。

是啊，我們是法律系的學生，但那又如何？憑我們的力量要扭轉這個病態社會的頹勢，根本是想太多。

亞勳當過兵，他很直接地說了一句話：「那個俗辣只要到兵營裡面，就知道什麼叫好死了。」

亞勳說的是台語，好死兩個字聽來特別有感覺、特別爽快。

直到天亮，我們都還在討論小蒯的事情。

阿居決定要去找學長幫忙，也要去說服小蒯的媽媽提出告訴。這不是公訴罪，要打官司一定要有控方才行。

但我的心思並不在告與不告上面，因為我一直想著小蒯最後說的一句話，我很擔心，他的思想已經有很大的偏差。

「對我來說，最好玩的事情，就是看著他被車撞死。」小蒯的眼神透露出他深深的仇恨。

教育，是當下父母必須永遠學習的一堂課。

06

當然，那個該死的小混混並沒有被車撞死，他依然繼續存在這世界上浪費空氣與食物。但比較欣慰的是，這件事傳到學校，訓導處及輔導室的老師都很積極地解決著。

那天早上我們考完了期末考，一夜沒睡的我們昏昏沉沉地趕到小蒯的學校，訓導主任看見我們四個人陪著蒯爸蒯媽一起來，以為我們是來討公道的。

「我們已經把事情原委及經過全都仔細地告訴對方家長了，事情好好解決就好，不需要再使用暴力了。」他好聲好氣地對著我們說，似乎在安撫我們的情緒。

「不，不是的，主任，我們只是來關心一下事情的處理情況，我是小蒯的家教，他們是我的同學，我們不是來打架的。」

「那就好，那就好，我真擔心你們年輕人血氣方剛。」

說完，我們直接走進訓導處，看見小蒯坐在主任的位置旁邊，戴著帽子，帽底後腦勺的地方，露出白皙的皮膚，如果我沒猜錯，小蒯已經把頭髮給理光了；他臉上的兩道傷痕用白色紗布貼著，微微透出暗紅的碘酒色。

而那個該死的俗辣坐在離他約有十公尺的距離，俗辣的父母站在他的旁邊，一看就知道那果然是會教出這種小孩子的料。

那個媽媽一身五顏六色的穿著，讓我一度以為她是學藝術的，崇拜十九世紀印象派畫家高更，用色之大膽，令人驚訝，那條青黃不分的圍巾是她的代表作，她身上散發的香水味，讓人懷疑那瓶香水到底過期了多久？濃妝豔抹的五官，讓我有點無法分辨那到底是她的眼睛還是鼻孔，妝抹得亂七八糟，活像被鬼打了一頓。

那個爸爸就沒什麼特別的地方，除了那嚇死人的大油肚幾乎要撐破他的褲頭，不怎麼像樣的西裝裡配著一件黑白相間的襯衫，還有他那不怎麼管用的大腦及長在屁眼旁邊的眼睛之外，真的沒什麼特別的地方。

為什麼會說他的大腦不管用，眼睛長在屁眼旁邊呢？

因為他的大屁股靠在柱子上，嘴裡叼著香菸，而柱子上面貼有一張二十五平方公分，衛生署發給的禁菸貼紙。所以他不是白癡看不懂國字，就是眼睛長在屁眼旁邊。

這些話，我在嘴裡暗暗唸著，在我旁邊的阿居拚命點頭附和，一旁的亞勳更是豎起大拇指稱讚。

但站在我前面的皓廷卻只是回頭看著我，然後搖搖頭，眼神像是在對我說：「解決問題不需要損及自己的格調與口德。」

我確實是罵得過火了，而且我承認罵的時候真的很爽，但同時我也在接收到皓廷眼神裡的訊息時發現，同樣一件事情，同樣的年紀，為什麼處理事情的態度及方法有這麼大的不同？

在那一刻，我發覺我跟皓廷的距離很遙遠。並不是朋友之間的感情疏離，而是一種個性與成熟度上的距離。

接著，蒯爸跟蒯媽要對方的父母先提出解決的方法，他們不想先說出任何要求。其實我聽得出來，相信在場所有人都聽得出來，蒯爸跟蒯媽只是想要一個有誠意的道歉，並且希望對方保證自己的孩子不會再欺負小蒯。

但是對方並沒有。

那個被鬼打到的媽媽一點想道歉的意思都沒有，她首先站了起來，並且非常無禮地說：「孩子在學校裡難免有小誤會小衝突，夫妻每天同枕同被的都會吵架了，何況是小孩子，你的囝仔被我的囝仔打傷了，我就叫他給你說聲對不起嘛。」

聽見這段操著超級標準的台語，加上令人髮指的內容，我幾乎就要控制不住自己的脾氣。

在我身旁的阿居，握緊的拳頭發出了幾聲關節響。

「這位太太，我們只需要妳拿出誠意說句道歉，妳這麼說，我實在感受不到妳的誠意。」蒯媽心平氣和地回應她。

「什麼意？誠意是什麼？妳拿給我看。」眼睛長在屁眼旁邊的男人說話了，口氣像是蒯媽欠他好幾萬。接著，他從西裝裡拿出一疊鈔票丟在桌上，「這是我家的誠意啦，要拿去不要拉倒啦！」

說完，他拉著自己的兒子跟太太轉頭就走，走到訓導處門口的時候，還敲了一下他兒子的頭說：「幹恁娘咧！麻雀打到一半你在喊救命，等打死人了再告訴我啦！」

我已經被徹底地打敗，被眼前這一連串的畫面打敗。

前後不到兩分鐘的時間，我看見一對教育失敗的家長、一個教育失敗的孩子、一個教育失敗的家庭，以及他們可以想見的教育失敗的未來。

這還需要什麼深刻省思嗎？

校方一五一十地告訴他們事情的經過，他們身為父母，就應該知道自己的孩子在學校裡有多麼幼稚囂張跋扈而且過分，這孩子的個性不但危害到同學朋友夥伴，更會對他的將來造成很大的影響，套一句亞勳的話：「軍中與社會可不吃他這一套！」

但我們看見的，是一對不懂得什麼是對錯的家長，不懂得怎麼教育他們的孩子，自己的孩子在學校打傷了同學，長期恐嚇威脅同學，他們的反應居然只是丟下五萬塊，對自己的孩子卻完全沒有責罰，面對受害者家長，更是一點愧歉之心都沒有。

我不禁要問，造成這種悲哀事件不斷發生的到底是什麼？又要付出什麼樣的代價才可以消弭這些人的劣根性？是更多的受害者嗎？是更多無知悲哀的事情不斷地發生嗎？還是直到有一天自己也嚐到了苦果才懂得改過呢？

我想，就算到死的那一天我也得不到答案，這種悲哀也是一種循環，而且它將生生不息。

B棟11樓

事情好像就這樣被處理「結束」了，那個俗辣被訓導處立刻簽發一張大過兩支的懲處公告，貼在公佈欄，這樣的動作像是昭告天下，行惡必有罰責，但我們四個人都一致認為，這只是一個形式，打人的俗辣如果害怕兩支大過加注其身，他就不會打人了。

但真的沒有其他的解決方法了，學校不可能找幾個大漢扁他一頓，好讓他記取絕對的教訓。

蒯爸並沒有收那五萬塊，他在離開訓導處之前，把五萬塊交給了訓導主任，請他把錢捐給慈善機構。而小蒯也立刻決定，他要離開這所待了一年半的學校，他二年級的下學期，將會在另一個地方重新開始。

走出訓導處，走廊直直地向前延伸，冬天的太陽和煦但沒有溫度，冷風迎面的感覺比太陽照在臉上的感覺更強烈。

很巧的，下課鐘聲響起，學生像勤奮的工蜂一樣，一群一群地跑出教室，原本寧靜的校園頓時像一座大型的菜市場。

我們走在蒯爸蒯媽後面，他們緊緊摟著小蒯。阿居跟皓廷把手搭在我的肩膀上，天氣冷的關係，阿居冰冷的手碰觸到我的臉，感覺像冰刃一樣，割過每一個毛細孔。

「希望小蒯到了新學校之後，會有新生活、新氣象。」阿居說著，他樂於助人的個性讓他的臉看起來永遠是那麼善良。

「我也希望，不過，我更希望他到了新學校之後，也要有個新成績。」我語重心長地說著。身為我的第一個家教學生，小蒯著實讓我吃了好大一碗挫折羹湯。

走著走著，經過了福利社，曾經也經歷過在福利社裡搶買新鮮麵包的日子，現在看來卻像是百貨公司在跳樓大拍賣。

福利社裡跑出幾個小男生，那是小蒯的同學，他們你一句我一句地問著小蒯的情況，比較調皮的還脫下小蒯的帽子摸摸他的光頭。

他的人緣其實很好，每個同學都很關心他。

只是這一個轉學的決定，或許是這一段緣分的結束吧。

皓廷卻不這麼想，他覺得好同學好朋友的情誼可以永遠維繫，這一段時間的分離，說不定可以更拉緊他們彼此的距離。

可是，永遠不是很遠嗎？拉緊彼此的距離有這麼容易嗎？

這又是一個沒有答案的問題，我最近愈來愈會亂想。

那天之後，緊接著就是寒假及新年。

二〇〇一年的開始，因為小蒯的遭遇，我對許多事情開始有了許多不一樣的看法，我把這樣的心情告訴我爸，他說：「這是好現象，這表示會獨立思考的你，會有與眾不同的成長。」

但我需要的不是與眾不同，我只需要我所有的看法或問題，可以很快得到答案。

那年的一月十二號，星期五，小蒯打電話給我，跟我要了我家地址，他說要寄給我一個禮物，還明言不讓我當面去拿。

一月十二號既不是我的生日，也不是他的生日，離農曆新年也還有十一天，我真不知道他要拿什麼給我。

後來，我在十七號那天下午收到一封快遞信，上頭用歪七扭八的字體寫著：

國文：六十六　英文：六十一　數學：六十　（其他都不及格……）

老師，這是我上國中以來第一次有三科及格的成績，我才苦讀五天就考這樣了喔，下次我一定會考更好的。

小蒯

啊……好大的一碗挫折羹湯，好大又好甜的一碗挫折羹湯。

付出的時候不需要想著收穫，因為在收穫的同時，會有更大的感動。

07

B棟11樓

「子學，告訴我，你為什麼要念法律？」

這已經是我第三萬七千五百四十六次被別人問到這個問題了。

二〇〇一年年初，還是冷颼颼的冬天，我莫名其妙地起了個大早，揉揉眼睛往窗外看出去，高雄的清晨竟然是白色的。

「啊……如果高雄會下雪，那會怎麼樣呢？」我自言自語地咕噥著。

那一天是一月二十三號，我家裡來了一大群人。

除了遠在亞特蘭大念研究所，忙到沒能趕回來的表姊之外，北中南東各處親戚，整個家族的人全都到齊了。從早到晚，就聽見我家的門鈴聲響個不停，就看到我媽我爸客廳院子大門的來回跑，門一開就是「恭喜！恭喜！」的互相拜年，親戚們的車子停滿了我家門前。

我對這一年的印象很深刻，這一年的農曆年來得特別早，一月二十三日就是除夕了。因為前一年的新年已經要過一次任性，堅持要待在台北過年的關係，所以今年我特別早回到高雄的老家。

剛處理完小蒯的事情，我心裡面有一種踏實的感覺，雖然感慨著部分家庭教育的失敗，但小蒯的成績好轉對我來說，就像是領到一個大紅包。

說到紅包，我就會想到這一年吃團圓飯的時候，可能是親友們有整整兩年沒見到我的關係吧，所以對我的關心特別多，飯桌上大家討論的都是我。

我的身高、我的體重、我的髮型，甚至我的近視深度，等到這些問題都得到了一個滿意的答案，也經過一番比較跟討論之後，就開始問到我的生活、我的學校、我的感情，甚至我的零用錢。

到後來，每個長輩都露出一副「這孩子一個人在台北生活，真可憐」的表情，好像中學老師在洗腦似地教導我們大陸同胞有多麼水深火熱一樣。

「子學，告訴我，你為什麼要念法律？」

問這個問題的，是爸爸的三哥，我的三伯。

這已經是我第三萬七千五百四十六次被別人問到這個問題了，而這一次似乎也不會是最後一次。

其實這個問題有一個很官方的答案：「我媽說的」。只要有人問到這個問題，我通常都只回答這四個字，「我媽說的」。

所以這一次的答案沒有例外的必要，我依然是回答「我媽說的」。在說的同時，我還刻意把眼神飄向我媽，請她給我一點附和。

我爸跟我媽只是笑一笑。

「那我這麼問好了，子學，你現在就快進入大二下學期，這一年半的時間裡，法律對你來說是什麼？或是，你認為什麼是法律？」

三伯很正經地問出這個問題，飯桌上所有的人都安靜了下來，等待我的答案，除了那幾個拚命玩電動玩具的表堂弟妹之外。

「就是秩序。一代法學大師古斯塔夫．拉德布魯赫在《法學導論》這一本書裡面提到：『所有的秩序，無論是從生命的多樣性裡發現的，還是我們即將努力建立的，都可以說是一種法律。』也就是說，為求每一個生命體系，不管是人類、生物、企業、宗教等等，在某個特定區域裡公平存在，也就是在法制地區裡公平存在而訂定了一些法則以遵守或是懲戒。」說完這一段，我喝了一口我媽最拿手的雞湯。「但這些已經成文的法則，在我們法律系學生來說叫作法條，其實都是人規範的，所以三伯，你問我什麼是法律，我只能跟你說，你所存在的世界就是法律，否則它不會有秩序。我不知道學校裡或社會上的教授專家怎麼想，可是我認為，法律就是人，人就是法律。」

說完，我的雞湯也見底了。我媽拿過我的碗，幫我又盛了滿，好像在獎勵我剛剛的那一番解說。

聽完我的回答，三伯很開心地笑著。我不知道他為什麼笑得那麼開心，不過，團圓飯過後發紅包的時間，他給我的紅包是最大包的。

其實，要一個才接觸法律一年半的學生來回答什麼是法律這個問題，就像是要一個剛學會開車不久的人參加比賽一樣，或許他在場上不會有太糟糕的表現，但我想結果絕對不會讓所有人都滿意。

不過，當初媽媽堅持要我念法律時，不知道為什麼，我沒有任何反抗，聯考結束之後，看著志願卡上前十個志願滿滿的都是法律系，我就知道我跟法律已經脫不了關係。

「你為什麼要念法律？」這個問題，我也問過阿居跟皓廷，甚至也問過班上其他的同學，其實有很多人都是因為「家人」而選擇了法律，真正因為興趣而進法律系念書的人少之又少。

這或許是教育體制錯誤及傳統思想根深柢固的遺毒吧，學生念書只為了考試，根本忘了學習永遠是為了自己，家長則把「老師、醫生、律師」當作永遠的金飯碗，為了不讓孩子將來餓肚子，便規定孩子要念什麼科系。像高速公路交流道規定車輛要從哪裡上去一樣，你可以叛逆地選擇逆向，但會不會收到生命的紅單，就得看運氣了。

阿居因為不知道要填什麼系，又不喜歡地理歷史那些較死板的科系，所以填了法律。皓廷則是跟我一樣上了交流道，因為沒有逆向，所以進了法律系。

進法律系那一天，我對法律系還沒有什麼感覺，直到開始背法條那一天，我突然很羨慕阿居當時可以自由選擇系所，因為背法條很痛苦。阿居則開始後悔他填了法律系。

「我應該去念中文的，我多麼傾慕中文系女孩的氣質啊！」手裡拿著刑法分則，阿居朝著窗外大喊：「我寧願去背左傳跟文心雕龍，我寧願去了解李商隱的憂鬱、陶淵明的神經病，我也不要看見刑法，不要看見民法，不要走進滿是法律味道的教室。」

阿居幾乎要崩潰，面對刑法分則，我想每個人都會崩潰。

「等等，陶淵明什麼時候患了神經病？」我很好奇地問著。

「桃花源記不是寫，『今是何世？乃不知有漢，無論魏、晉！』嗎？怎麼可能躲秦政躲到問出『今是何世？』這句話，他是躲了多久？活了幾百歲嗎？還不知有漢耶，太扯了啦！陶淵明太會幻想了，所以我認為他有神經病。」

阿居很認真地向我跟皓廷解釋他對陶淵明的看法，我跟皓廷則聽得有點霧煞煞。

因為我們三人都了解念法律的痛苦，所以當時同寢室的亞勳便成了我們拿來消遣、安慰自己的對象。因為我們都覺得，比起法律，哲學系實在是好念多了。

但直到有一天，亞勳以一個問題紮紮實實地暗示了我們哲學系的痛苦時，我們總算願意承認，其實每個系都有其痛苦之處。

「子學，我問你，你是誰？」亞勳轉著原子筆，淺笑著問我。

「我？我是林子學啊。」

「你真的是林子學嗎？林子學就是你嗎？」

「我當然是啊。」

「為什麼你是林子學？」

「我……」

B棟11樓

「為什麼林子學就是你？你如何確定你是林子學？」

「我……我有身分證啊！」

「如果沒有身分證這種東西，你還是林子學嗎？」

「我……」

「林子學要用身分證來解釋嗎？你剛剛不是確定你是林子學？」

亞勳這麼一問之後，我開始知道哲學系不但不好念，而且念久了有發瘋之虞。

紅包發完之後，我回到自己的房間，數著紅包裡的鈔票，如果再加上我的家教薪水，不知道夠不夠我買一台筆電？

腦子不知道為什麼，突然一個岔神，我想起了一個月前，也就是兩千年的耶誕節晚上，有個人給了法律系一個很特別的定義。

「謝謝你。」滿身酒味的她，意識很清楚地對我說著。手裡拿著我遞給她的信，另一隻手在身上每一個口袋尋找著。

「不謝，只是我發現這不是給我的信，可能是房東放錯信箱了，本來要放回妳的信箱裡，可是妳的信箱滿了，塞不進去，門縫也一樣，所以我先放在我那，希望妳別見怪。」

「不會，我還要謝謝你，而且你沒說我還沒想到，為什麼五G會在五F跟五E之間，房東這麼排序真的很奇怪。」

「妳是不是有點醉啊？」

「醉？沒有，我清醒得很。」

「真的嗎？可是妳已經在身上找很久了耶，妳是不是在找鑰匙啊？」

「嗯。奇怪……到底放哪去了？」

「在門上，妳早就插在上面了。」

耶誕節那天晚上，我在走廊上的飲水機那兒泡咖啡，一陣聽來蹬跺不穩的腳步聲停在我的房門旁邊。

原來是那個住在五G的女孩。

我突然想起當天在我的五F信箱裡收到一封要給「徐藝君」的信，我本來以為那是以前的舊房客的名字，後來瞥見五G的信箱裡，塞滿了寫著徐藝君三個字的信及帳單，我才知道，原來這個我搬來四個月卻沒見過面的隔壁舍友，大名是這樣的。

我企圖把擺錯的信放到她的信箱裡，但很明顯的，信已經塞不進去了。

我把她的信全都拿出來，想塞在她的門縫底下，卻發現她的門縫塞著厚厚的布。

「啊……原來鑰匙在這裡，難怪找不到。」

「妳好像有點醉，還是快休息吧，晚安。」我苦笑著，端了咖啡就要回房。

「你住我隔壁啊？我可以知道你的名字嗎？」

「我叫林子學。」

「什麼系的啊？」

「法律系，二年級。」

「法律系啊……」醉意撐開了她的雙眼皮，我發覺她的睫毛很長很長。「那個沒什麼良心的系啊……」

這是她給法律系的特別定義，我覺得挺好奇。

正當我想問她為什麼的時候，她說：「你為什麼要念法律？」

喔，這是第三萬七千五百四十五次……

其實我認為，議員、首長與政客才是真正的金飯碗。

B棟11樓

08

當然，前面我已經說得很清楚，這樣的問題，即使問我十萬次也一樣，答案並不會因為提問的對象而有所改變。

「我媽說的。」

「你媽說的？」

「對，我媽說的。」

「那如果你媽叫你娶我呢？」

「啊？什麼？」

眼前這個女孩子，我只跟她說了幾句話，交給她一堆帳單跟信件，提醒了她鑰匙正插在她的門上，儘管她稍有姿色，但一身酒味加上有點怪異的穿著，已經構成了讓我轉身就走的條件。

乍聞這個怪異的問題，我說實話，聽來挺反感的，因為她的表情有一種「哇靠！你都幾歲了，還這麼聽媽媽的安排？」的感覺，本來我是打算問個清楚，她說這話是什麼意思，但想想幾分鐘前才剛認識，禮貌還是要顧著。

「妳喝醉了嗎？」

B棟11樓

「沒有，我清醒得很。」

「那就好，晚安。」

我轉頭就要離開，她又叫住了我。

「喂，你還沒告訴我你叫什麼名字啊？」

「我叫林子學，我剛剛已經說過了。」

「什麼系的啊？」

「法律系……二年級……」

「法律系啊……」

「妳醉了。」

「不，沒有，我清醒得很。」

「喔，那就好，晚安。」

我轉過頭，她一樣叫我，我知道她已經醉了，所以我沒理她。

那天晚上，亞勳玩到很晚才回來，他帶了消夜來敲我的門，說他跟哲學系學會的人在Friday's吃完晚飯之後，就跑到Pub去玩，跳了一個晚上的舞，腿軟腰痠，四肢無力，因為Pub音樂持續轟炸的關係，耳朵還有輕微的耳鳴。

當時我躺在床上，他把消夜打開，拿了報紙墊底，一陣陣滷味的香味撲鼻而來。

「跳舞真的很累，看學會裡的學長姊跟學弟妹拚命搖擺身體，再感覺到自己的氣喘吁吁，不得不承認，跟你們比起來，我真的老了，四年的差距，從體力上可以看得出來。」

說完，亞勳打了一個嗝，空氣中滷味的味道裡，立刻混雜了濃濃的啤酒味。

「亞勳，你喝酒？」

「是啊，喝了好多，肚子很脹。」

他在我的小茶几附近爬著，我不知道他在找什麼。

「你在找啥？」

「筷子，我在找筷子。」

「筷子在你手上。」

他看看自己手上的筷子，啊的一聲，然後是一陣傻笑。

「這讓我想起以前當兵的時候，那時我是參三，也就是作戰，我每天有打不完的報告，有做不完的簡報資料，有被長官挑剔不完的吹毛求疵。」他拉開筷子套，夾了一片高麗菜。「但我只要想到晚上加班的時候，會有收假的弟兄帶回滷味給我，我就很高興，那一整天的辛苦都會因為滷味而煙消雲散。」

那一片高麗菜在他的嘴裡，像是山珍海味一樣地可口，他的表情告訴我，有食如此，夫復何求？

不過，那天晚上的亞勳其實是醉了，因為他吃了第二口滷味之後，就開始唱歌，唱著唱著，還在原地轉圈圈，然後就直接衝進廁所，「嘔」了一聲之後，我的房間裡就不只是滷味跟酒嗝味了。

亞勳比我想像中還要重，他的酒量也是嚇人的多，食量更是驚人，我不知道是不是酒精有麻醉效果的關係，他的視準度明顯地降低了，因為他完全沒有吐在馬桶裡，而是吐在地板上，再看看地上那一大灘穢物，還可以知道那晚的 Friday's 他有吃幾條蝦子。

我試圖把他扶回他的房間，但是他不太安分，直說他沒有醉，不需要我扶。

我在他面前比了一個三，他回答四，我搖頭，堅持要扶他回去，他說再給他一次機會，我又比了一個三，他一樣回答四，還誇獎我的手指頭很長。

我懷疑他到底是怎麼回來的，因為他醉得挺徹底的，我把他扛回他的房間，然後喘吁吁地走回我的房間。

那天晚上，這兩個喝醉的人把我累慘了，其中一個帶來了滷味，我卻一口都沒吃到，還得在半夜洗廁所。

我把廁所的小窗子打開，試圖讓空氣流通，吹散一點嘔吐的氣味，但我發現那氣味已經蔓延到我的房間裡，於是我跑到樓下的 7-11，阿居是那晚的大夜班，我買了芳香劑，順便請阿居喝了一瓶可樂。

「耶誕節他們喝啤酒，我們乾可樂，乾杯！」

幾口可樂下肚之後，我立刻就後悔了，因為我買的是曲線瓶，它比罐裝可樂要辣得多，頓時間感覺到喉嚨一陣強烈的刺激，像吃了哇沙米一樣。

「阿居，這真是個美妙的耶誕節，我看了一整天的書，到半夜還要洗廁所，而你不但去了孤兒院，還得上班，我想，應該沒多少人的耶誕節過得這麼特別的了。」

「想得那麼痛苦幹嘛？快樂的事情還有很多。」

是嗎？快樂的事情還有很多嗎？怎麼我一時間想不起來我曾在何時快樂過？

「阿居，你如何體會快樂？」

這個突然間衝口而出的問題，讓我自己也有些訝異。

我從來沒有想過「快樂如何體會」這個問題，更沒有想過會去問別人，因為我一直覺得快樂本身不需要定義，體會了也不需言喻。

但現在想一想，或許我正值思想的成長期吧，很多以前沒有想過的事，都會在這個時期變成一種看似杞人憂天，又深覺重要的問題。

「皓廷的籃球，是他的快樂，所以他在球場上所流下的每一滴汗，都是他的快樂；孤兒院裡小朋友的笑容，是我的快樂，所以我在孤兒院裡看見的每一個笑容，都是我的快樂。」

這是阿居當時給我的回答，我一直記得很清楚。

大概是我沒有料想到阿居會給我具體的答案，所以我對他的回答感到無比的震撼。

回到我的房間之後，我把阿居的話寫在一張紙上，然後貼在床頭。

B棟11樓

「皓廷的籃球，是他的快樂；孤兒院裡小朋友的笑容，是阿居的快樂。那……我的呢？」

我的呢？我的快樂是什麼？

我沒有特別熱中的興趣，沒有特別喜愛的東西，沒有特別拿手的專長，甚至連偶像或影歌星都沒有特別欣賞的。

我身在比皓廷富裕，比阿居幸福的家庭裡，我不需要像亞勳一樣先當兵，先工作賺錢，才有能力來念大學，我騎的機車是近七萬塊的重型一二五，我的手機是比同學們貴上三倍的V3688，我穿的一件牛仔褲可以買同學的兩條。

我所有的一切都讓人稱羨，但我卻沒有得到讓自己也羨慕的快樂。

這問題杞人憂天嗎？或許吧！當自己欲求不滿也好，當自己自尋煩惱也罷，突然我發現自己是個可悲的人，因為我不懂得，快樂竟然是那麼簡單。

時間是晚上的三點四十分，我在五F號房。

隔壁傳來一陣鋼琴聲，輕輕的，帶著一絲的哀傷，那不是音樂CD，因為聲音時明時斷，那是一首沒聽過的歌，我只聽懂了幾句歌詞。

耶誕節，是白色的，

你吻我，我不快樂。

B棟11樓

就今天，你說再見，

懷裡殘留你的溫柔，而你走遠。

如果這真是一首歌，我想，寫這首歌的人也不快樂吧。

快樂，一直在悲傷旁邊。

09

大二下學期，系上傳來一個消息：系籃球隊裡有兩個三年級的學長慘遭三二（三分之二的學分不及格）退學，他們需要幾位新血加入。

不需要懷疑，皓廷當然，也絕對是他們的第一人選，所以剛開學那一陣子，系隊的學長時常來找他，威脅是沒有，利誘的方法卻層出不窮，吃的從披薩、雞排、章魚小丸子，玩的到六福村的折價券、錢櫃唱歌不用錢，實用的課堂筆記更讓皓廷的桌上活像是個小型的法學圖書館。

「真不知道學長們給我這麼多筆記要幹嘛，系上有在賣共筆（註）啊。」

「這樣你就不需要花錢買啦，學長們對你真好。」

阿居很羨慕地說著。但我很清楚地看見皓廷有多麼不想加入系隊。

我跟阿居也覺得奇怪，皓廷不想去，學長們為什麼要這麼死巴著他不放？

後來我們才知道，系隊隊長，也就是我們大三的學長，對系隊有很深的歸屬感，對贏球有更深的企圖。所以皓廷之於他們，就像是諸葛亮之於劉備，三顧茅廬不成，四顧五顧六顧也一定要顧著。

註：共筆，指的是共同筆記。某些學校法律系會收集學生的筆記，然後印製販賣。

「我打籃球，是想為自己贏球，是為了自己快樂，我不想為某個特定的隊伍打球。但是學長們又那麼……」皓廷很懊惱地說著，他在自己的堅持與學長們的盛情之間，始終難以下一個決定。

直到開學後的第三個星期，我、皓廷，還有阿居在籃球場上遇見了系隊隊長，而我們也是那天才知道他叫莊仁傑。

他跟其他兩個系隊的學長狠狠地修理了我們三個。皓廷在場上不斷進攻，雖然偶有突破，但大都被學長們防了下來。

我們一共交手三場，如果以網球的術語來說，他們直落三把我們給做了。

那天打得很辛苦，也很難過，我跟阿居了解系隊與皓廷之間的糾纏，但也是因為我們的球技不夠好，才拖累了皓廷。

我想，那必定是皓廷開始打球以來最大的恥辱吧！雖然皓廷沒有說過，但我相信以他的球技，要連輸三場實在是一件難事。

可是，輸球那一天晚上，本來約好一起吃飯的皓廷失約了。直到接近十一點，皓廷才滿身汗地回到宿舍裡。

「十九場，每場打六分，我只贏了一次。」他抱著籃球，微笑地說著：「剛剛我跟學長一對一，他真的很厲害，我不得不佩服他，不但把我狠狠地慘電，還說了一句讓我相當折服的話。」

「什麼話？」我跟阿居好奇地問著。

「攻擊再怎麼厲害，一定會有失常的時候，在籃球場上，只有防守不會失常。」皓廷說這句話時，一臉很感動的表情。

這是我第一次看見皓廷在輸球之後還會笑的，看來他受到的刺激不小。

「所以我決定要加入系籃，還有你們，你們也要加入。」

「我們？為什麼我們也要？」我跟阿居異口同聲。

「學長說，他需要你們。」

就這樣，我們進了系籃隊，而且認識了兩個新朋友，是我們系隊的經理，一個是黃美涵，還有蕭以惠。

「請叫我流川以惠，謝謝。」

她很有精神地介紹她自己，在我們跟她第一次見面的時候。所有人聽見她的自我介紹都是一頭霧水，因為在系隊成員的名單上，並沒有人姓流川。後來才知道她因為喜歡灌籃高手裡的流川楓，所以二話不說，馬上替自己冠了夫姓。

比較有趣的是，她的老公不只一個。

有時候她叫作以惠克魯斯，那是她看見湯姆克魯斯的海報或電影的時候；如果你聽見她喊著小木木，那你就必須叫她木村以惠。

「小木木？虧她想得出來……」阿居一副快發燒的樣子，用手摸著額頭。

「阿居，快別這麼說，你該慶幸她不喜歡基諾李維。」

一旁的人聽見我這麼說，笑倒一地，這時以惠丟來一顆籃球。

至於另一個經理黃美涵，我們對她就不太了解了，只知道她很喜歡狗，而且她說她的狗喜歡看新聞。

「我的狗叫作TVBS。」

她在自我介紹的時候，說了這麼一句話。大家聽完之後互看了兩秒，然後笑倒在地。

我個人對狗是敬謝不敏，因為我被狗咬過。但我聽過很多挺酷的狗名字，像是耐吉啦、保齡球啦、白色的狗取名叫小黑的，就是沒聽過把狗取名TVBS的。

「因為牠只在我看TVBS新聞的時候，才會跑到電視機前面，當我轉到其他台時，牠就會低頭，或是離開。」一天，我問她為什麼要把狗取名為TVBS時，她這麼回答。

「不會很難叫嗎？挺繞口的。」

「不會啊，叫久了就習慣了。」

這就是我們系隊上的兩個經理，很怪，但也很有趣。

那是二〇〇一年的三月，我們大二。

參加系上練球才一個多星期，系際盃就來臨了。

那天早上，學長叫我跟阿居、皓廷到系辦去，發給我們一套球衣。

「身著球衣，系上榮譽，好好珍惜，記得要洗。」學長一面唸著這詩不像詩，話不像話的東西，一面打開塑膠袋套，一件一件地發給我們。

「謝謝學長，謝謝系上，竭盡所能，為系爭光。」

阿居不知道去哪學來這一串，我跟皓廷聽完都覺得奇怪，這孩子是哪根筋不對了？

第一場比賽令人印象深刻，對手是電子系，因為那是那一年第一場系際盃比賽的關係，到場觀賽的人很多，班上同學也全都到場了。

在比賽前十分鐘，皓廷說要離開一下，然後就看他快步跑走。學長問我他去哪裡，怎麼一副急得要內出血一樣。

過了幾分鐘，皓廷回來了。學長問他是不是去大便，他笑了一笑，說：「不，那是一件比大便更爽快的事。」

學長沒聽懂，我跟阿居也是一頭霧水。

哨聲響起，校隊裁判進場，先發球員進場，跳球者走進中場跳球圈裡，其他的隊員一個挨一個地防著。

我跟阿居坐在場邊，以我們的球技，先發球員名單裡不會有我們的名字。

這時美涵跟以惠在一旁大喊著「法律加油！」，頓時間，我的體內似乎不斷地在分泌腎上腺素，手臂上起了一陣雞皮疙瘩，雙掌不自主地握緊了拳頭。

B棟11樓

裁判在中線上把球往上拋，皓廷「嘿」了一聲，球撥到了學長的手中，計時器開始跳動，紀錄員開始動作，體育館開始沸騰，這所有的開始都是因為……比賽開始。

筆者言：籃球，我最愛的運動。

10

烘乾機左三圈、右三圈地旋轉著，發出低鳴的轟轟聲，我盯著衣服在裡面翻轉，看久了有點頭暈。

忘了是第幾次到公寓對面的自助洗衣店洗衣服了，只記得每次來都沒有人，但角落裡倒是都有一隻灰白相間的貓，牠大概把這裡當作牠家了吧。

「為什麼烘乾機使用半小時要二十塊？為什麼那麼貴？」手裡拿著衣物香片，我自言自語地說著。

「因為這裡是台北，什麼都貴。」

突然有個聲音在我身後說著，是個女孩。

「好久不見。」她說。

我回頭，眼前是一張陌生又熟悉的臉，原來是她，住在五G的徐藝君。

「喔！嗨！是妳啊。」

「四月天，清新爽朗的午后，一個人在洗衣店裡洗衣服，不覺得太浪費美好時光？」

「如果明天不需要期中考，那才真的叫作美好時光。」

「期中考也可以是美好時光，看你怎麼想而已。」

「那很抱歉，我沒辦法把期中考當作美好時光。」

她聽完，對我微微一笑，打開手裡的袋子，把衣服丟進洗衣機，投了硬幣，洗衣機便開始轉動。

「那天，我看了你的比賽，你打得很好。」

「喔？真的？謝謝誇獎，我不知道妳對籃球也有興趣。」

「我不是對籃球有興趣。」

「那……妳對籃球場有興趣？」

「你在說什麼？」

「不，沒事，我隨口掰了一句冷笑話，原諒我沒什麼幽默感。」

「沒關係，你看起來也不像是有幽默感的人。」

「是嗎？這是我們第二次見面，雖然彼此不太熟，但妳也不需要這麼誠實。」

「好吧！你好幽默！哈哈哈！」周遭的溫度隨著她刻意的假笑聲頓時下降了幾度。

「四月天，清新爽朗的午后，妳跑到洗衣店來洗衣服，不覺得太浪費美好時光？」

「美好時光就是用來浪費的，時間不會因為美好與否而停止，或走得慢一點。」

我看了她一眼，再看看她洗衣機上顯示的剩餘時間，五十二分鐘。

「妳要用烘乾機嗎？」

「要。」
「妳要用多久？」
「四十塊，一個小時吧。」
「那恭喜妳，妳還有一小時又五十二分鐘的美好時光可以浪費。」
「不，如果我可以活到七十歲，那我還有五十一年的時間可以浪費。」
「我們一定要這樣說話嗎？」
「怎樣說話？」
「這樣！」我右手的食指在我跟她之間不斷地來回指著，「對話有點像日劇，有點不太正常這樣！」
「那，不像日劇，而且很正常的對話應該要是怎樣？」
「應該要像第二次見面的人一樣，很客氣、很有禮貌、不太熟識這樣。」
「嗨，林同學，好巧，你也來洗衣服啊？四月天，清新爽朗的午后，一個人在洗衣店裡洗衣服，不覺得太浪費美好時光？」
「一定要加上後面那一大串嗎？」
「不一定。」
「那就別加。」
「可是我加了，來不及了，你快點用第二次見面、很客氣、很有禮貌、不太熟識的樣子回應我啊。」

「我的衣服乾了。」

我回頭打開烘乾機，收拾著我的衣服，因為我有一件五顏六色的花內褲，我怕被看見，所以我用球衣包起來，收進袋子裡。

「你沒禮貌，你沒有理我。」

「哎呀！徐同學，好巧，妳也來洗衣服啊？四月天，清新爽朗的午后，妳跑到洗衣店來洗衣服，不覺得太浪費美好時光？妳可以不用回應我了，我的衣服乾了，先走了，慢洗慢洗。」

「好吧，那慢走了，林同學。」

「再見再見，後會有期。」

那天晚上，我正在猛K國際公法，然後有人敲門，我咬著筆，從門孔看出去，是她，徐藝君。

我開了門之後，她從背後拿出一件……我的……

「內褲。」

「啊！」

「你的內褲。」

「啊啊啊！」

「你只會啊嗎？這不應該是看到自己內褲的表情，你該不會連自己的內褲都不認識吧？」

我好難為情，頓時覺得整顆頭都是燙的，從耳根到背脊都是熱的，身體好像有幾百隻蟲在爬一樣。

「不好意思……」

「下次要用球衣包花內褲，別忘了連白色內褲一起包。」

「啊！」

「又是啊！講到內褲你只會啊？」

「喔，不、不、不是的，我……」

「我在烘衣機裡看見的，我想那應該是你的，本來下午就要拿給你，但是我出去買東西了。」

「謝……謝謝。」

「不謝，晚安。」

她很自然地走回她的房間，我則是呆在房門口好一會兒。

這是很丟臉的事情，丟臉的程度永遠無法用文字來形容。

話說，你們現在在看的是第十集的《B棟11樓》，是不是跟第九集完全沒有銜接上的感覺？

B棟11樓

我知道，我知道，所以我現在要開始告訴你們跟電子系比賽的結果。

上半場，先發的五個人打滿，沒有換人下來，皓廷跟仁傑學長兩個人幾乎包辦了所有的得分，我們以三十三比二十五暫時領先八分。

下半場開始，皓廷跟仁傑學長都留在場下，那是我第一次打正規賽，緊張得心臟像要跳出來一樣。

在場邊看球，跟在場上打球的感覺完全不一樣。

當你坐在場邊替自己的隊友加油時，你會很希望每個出手的球都進，如果球彈出籃框，你會感覺到可惜。

但當你在場上打球，不停地在半場裡尋找空檔，等到你的隊友把球傳給你的時候，你連投球都會覺得手軟，就更不用說球沒進的時候會感到可惜了。

在場上，緊張的心情控制了你的四肢，你會不停地發抖，甚至會有「別把球傳給我」的念頭。

皓廷跟仁傑學長不在場上的結果，電子系慢慢地追上分數。

當我已經可以稍微分心看看計分板上的分數時，僅僅三分，我們僅僅領先三分。

已經不太能記起當時我身體的顫抖有多厲害，也已經不記得我到底在場上打了多久，又投了多少球。

我只記得其中一位學長拐傷了腳，皓廷上場接替，我以為要下場的是我，但仁傑學長向我比了一個手勢，他要我留在場上。

「學長說你守得很好，要你死命守住六號。」皓廷跑到我旁邊，拍拍我的屁股，很快地說完這一串話。

我聽完，回頭看著六號，汗水使得他的黑色球衣緊緊貼在他身上，他屈膝，雙手撐在腿上，不停地喘氣。

當我第一球命中的時候，我並不知道那是個三分球。

我只記得眼前有隻大手遮住我的視線，然後胸口和手臂襲來一陣疼痛感，對手黏濕的黑色球衣跟我身上的水藍色球衣相互磨擦著。

哨音響起，球「唰」的一聲往籃網底部衝去，裁判用他的右手拍打著左手背部，表示打手犯規。

加罰，我沒有投進。我只感覺到體育館裡所有人都在盯著我，我的身體不再顫抖，但我的手使不上力。

電子系搶到籃板球，他們發動了快攻。

我的眼前一個黑影閃過，眼裡殘留著一個白色的「6」，他運球，我拚命在背後追趕著。

他沒有發現我在身後，我伸出手，抄球。但我笨，球撥遠了，還跌了一跤。

皓廷撿起球，喊了一聲「跑」，我站起身來，看見四道藍色的身影往前場衝去。

這一次的反快攻由皓廷主導，他不是後衛，卻做得很好。

正當法律系的加油團扯著喉嚨歡呼時，我聽見場邊學長在喊著：「一分鐘！最後一分鐘！」

電子系急了，因為他們還落後兩分。

又是一次快攻，黑色六號很快速地運球衝向前場，這一次他學乖了，他回頭看著我，怕我又一次偷了他的球。

球鞋在木地板上「吱吱」地叫著，我們的回防很快，他們的快攻失敗了。

黑色六號慢下了他的速度，他運著球在三分線上徘徊。

我知道，他要拖掉攻擊時間，在最後幾秒鐘得分把比數扳平，然後守住我們最後一次攻勢，讓比賽延長。

但我沒料到他並不想讓比賽延長，在幾次傳球之後，電子系再一次把球導回三分線。

他等在那裡，學長要我死命守住的黑色六號。

三分球，永遠是天空中最美麗的弧線。

11

六十比五十五，是那場比賽的比數。

六十是我們，五十五是電子系。

等在三分線的黑色六號，在接到隊友的傳球之後，沒有任何猶豫，在三分線後跳起，球在空中畫出一道弧線。

我盡了全力去封阻他，但球已經出手。距離終場還有三十三秒。

球沒進，碰到了籃框邊緣，彈了很遠。皓廷撥到籃板球，卻沒有能夠搶下來，球滾到底線，被電子系拿走。

球被傳回黑色六號手上，他抱著球，深深地喘了一口氣，說了一句「穩下來」，他們又重新發動一次攻擊，時間一秒一秒地消逝。

又是內外交替的導球，電子系隊的跑位很確實，球在他們五個球員手上不斷地來回傳遞，面對所剩無多的時間，他們反而冷靜。

同樣的企圖，同樣的導球路線，黑色六號再一次回到四十五度角的三分線外，我一個不小心沒跟上腳步，他已經接獲隊友的傳球。

然後，我感覺我的右手心碰到了球，又感覺我的腳快速地落地，球在我的眼前，我伸手把它撈回來。

「漂亮啊！子學！超級大火鍋！」

「快攻！快攻！」

我聽見學長的吶喊，看見在場邊的他們不停地揮動雙手要我快攻。

皓廷跑到前場，向我示意把球傳給他。

他帶著球過了中場，我跟在他的後面，電子系五個球員都已經回防，我的隊友們也很快地跟上。

「八、七、六、五……」

體育館裡所有的人都在倒數，禁區裡頭一團亂，我看不見皓廷，只看見幾個電子系的球員舉高了手包圍著他。

還有三秒，球突然傳到我的手上。

我不會形容那種感覺，我只能說，最後一球，我竟然投得很輕鬆。

然後聽見法律系的啦啦隊呼聲震天，裁判哨音尖銳且刺耳地持續了三秒鐘。

比賽結束，六十比五十五，學長說，那是五年來第一次贏了電子系。

美涵在球場邊高興得紅了眼眶，以惠則興奮地拉住皓廷，像個瘋婆子似地不斷尖叫，我好像還活在幾分鐘前的球場上，一種像是在夢中的感覺。

「子學，守得好，守得太好了！」仁傑學長把毛巾披在我頭上，遞了一瓶寶礦力水得給我。

「謝謝學長，我只是盡力。」

「法律系就是需要你的盡力。」

看著學長的眼睛，我有一種莫名的感動。

「子學，你打得太好了，真的沒話說。」阿居拍著我的屁股，很興奮地說著。他今天沒有上場，卻滿身是汗，我想他一定比在場上的任何一個人都緊張吧。

在一陣喧鬧聲中，我看見一個很熟悉的身影，同時，阿居也看見了。

她一個人站在場外，個頭小小的，但頭髮長了。

「原來皓廷在開賽前離開球場，就是為了打電話給她啊。」我跟阿居都搓著下巴，一副原來如此地說著。

一年沒見，整整一年沒見了，睿華還是一樣可愛，但我想她應該永遠不會再長高了。

我跟阿居沒有走過去向她打招呼，只是遠遠地揮了揮手，因為皓廷好不容易把她找來了，我們不希望去當電燈泡。

那天賽後，除了陪睿華去約會的皓廷之外，系隊所有人都到時時樂大吃了一頓，以惠帶了她的男朋友，而美涵則抱著鼎鼎大名的TVBS赴會。

吃飯的時候，我跟阿居有同樣的感覺，都覺得以惠的男朋友很像某個人，只是一時間說不上來。

「不像湯姆克魯斯。」

「嗯，也不像那個小木木。」

「基諾李維就甭提了。」

後來我們終於看出來，以惠的男朋友很像流川楓，我們說的是髮型。

仁傑學長比我們更快看出他這個特點，他舉杯向以惠的男朋友說：「流川先生，以惠在系隊裡很努力，我們很感激她，在這裡，我代表系隊，向你跟以惠說聲謝謝。」

「喔！隊長，你太客氣了，這是不需要謝的。啊！對了，還有，我姓陳。」

「喔，是是是，原來你姓陳啊，流川先生。」

那晚美涵很可憐，她只喝了一杯飲料。因為那天是她固定吃素的日子，我忘了是初一還是十五，我只記得她不太高興地坐在位置上，因為她的TVBS不能帶進餐廳裡。

「沒關係啦，外面沒有人在看TVBS，牠不會亂跑啦。」

我試圖安慰她，讓她開心點，但她的表情很直接地告訴我：「你還是閉嘴吧。」

吃完飯後，提議要到錢櫃唱歌續攤的流川以惠並沒有得到大家的支持，但當她後來又補了一句「我男朋友要請客」，頓時間，所有人都拍手叫好，還有學長主動向流川先生要了張名片。

我跟阿居不好意思讓流川先生請客，所以我們沒有跟。大家都離開之後，阿居打電話給皓廷，那時皓廷正在跟睿華吃飯。阿居告訴他今晚不回宿舍，要到我那兒去睡，問他要不要來？皓廷說他不能確定，但接近十二點的時候，皓廷在樓下按了我的門鈴。

我跟阿居還有皓廷雖然是同班同學，雖然時常見面，但從我離開學校宿舍之後，就很少像這樣三個人共處一室，喝著飲料，吃著點心，漫談心事。

我很喜歡這樣的感覺，因為跟好朋友在一起的時候，不只是一種熟悉，更是一種親近，不管說什麼話都好，因為他們一定可以懂你的心情。

那天晚上是皓廷跟睿華分手一年多以來第一次見面，我跟阿居都很好奇，他們到底能不能再續前緣？

「睿華說你很厲害，子學，她說她看不出來你這麼會打籃球。」皓廷拍拍手說。

「再怎麼厲害也沒有得分超過二十分的你厲害啊。」

「哎呀，現在不是講得分多少的時候，重點是睿華跟你，ＯＫ？」阿居拍了拍桌子，對於皓廷賣的關子，他比誰都緊張。

但是那天晚上，皓廷沒有告訴我們關於跟睿華再見面之後的結果，他只是不斷地用一句話來回答我們所有的逼問：「現在還不是時候，現在還不是時候。」

我跟阿居都不懂這話的意思，到底是現在還不是時候跟睿華重新來過？還是現在還不是時候告訴我們關於睿華的事。

那晚，皓廷跟阿居都睡在地板上，我們在昏暗的小夜燈光線下，你一言我一語地聊著，似乎話題永遠不會停止。

直到三人說好不再講話，要好好睡覺的同時，皓廷終於說出了他跟睿華的結果。

「她已經有了新的男朋友了。」

聽完，阿居跟我只是互道了一聲晚安，然後就沒有再說話。

那天，我在籃球場上的成績，三分球投二中二、三個籃板、四次助攻、得分六分、犯規兩次、火鍋一記。

隔天我醒來之後，阿居跟皓廷已經離開。

我迷迷糊糊地要摸到廁所去梳洗，卻在桌上摸掉了一塊重物，撿起來一看，是一顆比拳頭大一點的石頭，上面寫著：

子學，皓廷：

情誼永誌，永誌情誼。

水泮G題

我說過，他是個不像話的男孩子。所以他用字母G字代替了居字。

這顆石頭現在還在我們的客廳裡。

我會說「我們的客廳」，是因為現在的我們已經住在一起。升大三的日子，二〇〇

B棟11樓

一年的九月。
阿居跟皓廷沒有抽中宿舍，倒是亞勳抽中了，而我依然走籤王運。
我們搬進了離學校有段距離，但環境很幽雅的一座社區，社區的名字叫作「翠風郡」，共有ABCDE五棟大樓，每棟都是十八樓高。
我們住在B棟11樓，那是一間三房兩廳雙衛浴的大樓，最棒的是，我們有個很大的陽台。
而大二的下學期，日子像吹過的風一樣飛快地過去了。
我們以五分之差贏了電子系之後，遇上了化工系，同樣的比數，同樣的差距，唯一不同的是，拿五十五分的是我們。
至於那個徐藝君，偶爾會在洗衣店遇到。
那一次之後，我就很小心注意烘乾機裡會不會有漏拿的衣服。但再怎麼小心似乎都已經彌補不了第一次的疏忽。
「內褲！」
「啊啊啊！」
她時常這麼跟我玩，我很困擾。
內褲！　啊啊啊！　內褲內褲內褲！　啊啊啊啊啊啊啊啊啊！

B棟11樓

12

要介紹我們的「翠風郡」之前，得先介紹我們的房東。

要介紹我們的房東之前，得先說明一下我們是怎麼遇到她的。

她是一個會上BBS的阿嬤。

是的，你沒看錯，她是一個會上BBS的阿嬤。BBS我想不需要解釋吧，就是電子佈告欄，一種網路資源的取擷工具。

這事讓我細說從頭吧。

那天下午，我跟皓廷，阿居在舊宿舍裡上BBS，我們先到租屋板去登廣告，內容是這樣子的：

我們是三個即將升上大三的法律系學生，男的，公的，帶把的。

我們不抽菸、不喝酒，麻將看不懂，所以我們只玩大老二。

我們沒有開Party的習慣，也沒有那種閒時間，平常除了看看書、打打籃球、租幾部VCD回來看之外，沒有其他不良嗜好。

我們都渴望有女朋友，但我們似乎註定是光棍的命運，所以我們不會帶女孩子回家，想亂來也沒搭。

因為學校宿舍不足的關係，加上籤運霹靂爛，所以我們被迫到校外租屋，度過剩餘兩年的大學生活。

因為一住就是兩年，所以我們有些小小的要求，我們需要一間三房兩廳雙衛的房子，最好是大樓式的，超過五樓的話請給我們電梯，高於十樓的話請給我們夜景。

如果真的沒有夜景也沒關係，不要有夜總會就可以。

我們的預算是每個月一萬到一萬五之間，看在我們是學生的份上，求求各位房東大人算我們便宜一點（要包含管理費唷）。

我們會準時交租，而且房子會保持乾淨，鑑於許多瓦斯爆炸事件，我們會小心使用並且用完關閉，因為我們不想炸死自己。

如果各位房東大人手上有這樣的空屋要出租，請與我們聯絡，或是寄 mail 到我的信箱，我們會盡快回信，在此先說聲謝謝。

我們的電話是：

林子學〇九三〇××××××

水泮居〇九三九××××××

韋皓廷〇九三七××××××。

B棟11樓

我承認，這篇廣告是我寫的，本來我是打算要寫得很正經的，但是阿居這個不太像話的孩子，硬是要我把什麼「男的，公的，帶把的」啦、「夜景跟夜總會」啦、「瓦斯氣爆炸死自己」啦等等這些東西寫進去，他說這樣比較有特色，別人看完才會覺得開心，才會很快地回應。

過了沒多久，就有人打電話給阿居，不過他不是打來說要租房子給我們的，而是打來問阿居的名字是不是真的叫作水泮居，我跟皓廷都不知道該做什麼反應才好。

同時在站上的幾個同學及學長看見我們的留言，丟水球過來問候，他們異口同聲地說這一篇廣告真的很讚，但也異口同聲地說不會有人理我們。

果不其然，除了那通打來問阿居名字的電話之外，再沒有任何回音。

我們等了兩天了，也買了報紙找了兩天了，所有租屋網站都找過了，自認為廣告很有特色的阿居也被我們阿魯巴了。

直到第三天下午，我們收到一封 mail，我們從站上查詢了一下來信者的資料，性別欄顯示♀，ＩＤ是 elisawong，上站次數一千餘次，文章發表總數卻接近一萬篇。她的 mail 內容是這樣的：

嗨！三位小朋友：

我看到你們得廣告，感覺美力阿貓司得，狠好狠好，我剛好有房子是空得，便宜珠

B棟11樓

給你們好了，看到信得話丟信號彈給我，我會一直在站上啦。

我們三個看完 mail，都覺得有點頭暈，這封錯字一堆、夾雜不明詞意的 mail，到底是什麼來歷？

於是我們回到使用者名單，找到了 elisawong，我想她信中所言的信號彈，應該就是我們所想的水球了吧。

阿居跟皓廷坐在我旁邊，我丟出第一個水球給她。

「妳好，我們是三個法律系的學生，收到妳的信，來跟妳詳談。」

「你們不是要珠房子？」

「是的，請問小姐妳的房子在哪裡？租金多少錢？」

「我不會講地方，我也不資道路名，我們約地方見面，我帶你們去看。」

這是我們跟 elisawong 在網路上的交談，非常簡短，而且直接切入重點，速度之快，我們都非常訝異。儘管我們三個都覺得非常可疑，但心想三個大男生一起去的話，應該不會出什麼事吧。

於是我們約在學校門口，並且向她要手機號碼，但她就是不給，堅持要我們告訴她我們的穿著，她會來認我們。

拗不過她，我們只好告訴 elisawong，只要認明一個身穿大紅色T恤，T恤上印了一個白色愛心，配上深色牛仔褲的男生就好。

這個人是阿居，愛心T恤是他當義工時孤兒院送他的。

我們站在學校門口，心裡其實是非常不安的，我們在想，為什麼她不直接打電話給我們？又為什麼她不給我們手機號碼？會不會是什麼詐騙集團的把戲？我們不斷提醒自己要小心、要冷靜，隨時要應變。

但半個小時之後，出現在阿居眼前的，是一個頭髮白了一半的阿嬤。

「我就是那個elisawong，是不是你們三個要租房子啊？」

我們三個當場傻眼，除了傻笑說是之外，幾乎沒辦法反應過來。

後來她上了一部很大的休旅車，叫我們也上車，但我們堅持要騎機車跟在後面就好。

之後，看房子跟談價錢的過程就不再贅述了。

她給了我們一間有電梯、有夜景、有中庭花園，也有停車位跟大陽台的房子，因為用的是自來瓦斯，所以我們不必擔心會被炸死，而後頭也沒有夜總會，所以我們不必擔心晚上睡覺會有鬼找你聊天。

後來我們知道，在「翠風郡」裡，共有四間房子是這位王阿嬤的，她把自己三個兒子孝敬她的錢，拿來買了房子保值，她租給我們的B棟11樓只是她其中一間房子而已。

我們看了房子，真的非常滿意，但滿意的背後就是金錢的壓力，我們不知道這樣的一間房子，到底一個月要租多少錢？

「我不缺錢，把房子租出去也只是不想讓它空著，你們出價我就租，隨便你們出。」

談到價錢之後，王阿嬤這麼說，她的笑容很慈祥，感覺很親切。

所以租金的問題，她不要我們當場給她一個答案，她只給了我們一個帳號，從當月開始，我們匯進去多少錢，就是每個月的租金。

哇靠！怎麼有這麼好康的事？

我們三個心裡雖然高興，卻帶著強烈的不安，我是個不弄清楚確實狀況不會輕易下決定的人，於是我很客氣，也很直接地問了阿嬤一個問題。

「阿嬤，我們只是學生，沒有受騙的本錢，我知道這樣質疑妳是非常不禮貌的，但是能否跟妳真正的確定一下，這件在我們眼中好康到不行的事情，真如妳所說，我們出多少就租多少這麼單純嗎？」

阿嬤又是笑一笑，瞇著眼睛告訴我說：「就是這麼單純，三位小朋友，這件事就是這麼單純。」

「遇到好人」是我們三個當下的感覺，儘管有些出乎意料，我們還是很高興。

阿嬤還帶我們看了社區裡的休閒中心，裡面有桌球、撞球、圖書室，只差沒有游泳池跟網球場而已。

B棟11樓

就這樣，我們住進了「翠風郡」的B棟11樓，門牌上清楚且古意的木紋字刻著「翠風郡B棟11樓之一號」。

我們一直對阿嬤會上BBS感到不可思議，她說是她的孫女教她的，因為平常也沒事做，她會去上成人英文班、去學太極拳，在家的話，上網就是她排遣無聊的活動。

「我還會上Kimo查東西，還會用電腦看DVD咧！」

她很得意地炫耀著，我們三個笑得亂七八糟。

後來阿居問她到底什麼是「美力阿貓司得」？

唉……原來是「very amused」（很有趣的）。

這世界上，好人還是很多的。

13

故事走到現在，終於要開始進入重點了。

我還有阿居、皓廷三個人的大學生活，從住到「翠風郡B棟11樓之一號」開始，就像是一家電影院一樣，每過一陣子，就上映不一樣的強檔院線片。

所謂強檔院線片的意思，就是不管類型為何，不管劇情深淺，不管卡司強弱，不管角色由誰扮演，都肯定可以海撈一筆票房收入的電影。

這些電影當然包括了動作片、驚悚片、劇情片、懸疑片、文藝愛情片等等，而我們所在的B棟11樓，就真的像電影院一樣，每過一陣子，就上映一部新電影，而且精彩萬分，臨場感十足。

先說說我們的B棟11樓吧。

門牌號碼之所以會有「翠風郡B棟11樓之一號」，是因為我們的對面，也就是電梯門打開之後左轉那一間，是「翠風郡B棟11樓之二號」。

那裡住了三個女孩，跟我們是同校的同學，一樣都要升大三。

我們剛搬進來的時候，曾經看過一個女孩從對面的門裡走出來。

那天中午，阿居去打工，我跟皓廷正絞盡腦汁，試圖把沙發從電梯裡頭弄出去，因為沙發有些長，也有些肥，所以角度挺難控制，當電梯門打開的時候，我們完全不能出去，因為我們都被沙發關在電梯裡。

「你聽過有人被關在電梯裡面，而且是因為一張沙發嗎？」我有點不知該如何是好地問著皓廷。

「沒有，就算有也不會講給別人聽吧。」

「對喔，這麼丟臉的事情。」

「快想個辦法，我們一直被關在這裡也不行吧。」

話說完，電梯門關起來了，我們回到了一樓。

「子學，我突然覺得奇怪，我們剛剛怎麼把沙發抬進來的？」

「耶……我忘了……」

「除非外頭有一個人幫我們搬，否則我們會一直被關在這裡。」

原本奢望回到一樓的時候，能麻煩按電梯的人幫我們把沙發搬開，但電梯門打開一看，外面沒有人，再從電梯裡鏡子的倒影看見，原來按電梯的是兩個小朋友。

「小朋友，不好意思，哥哥們在搬東西，等等就好了唷，你先搭另一部好不好？」我很稚聲地對著那小朋友說，沒想到他們卻討論起來了。

「你看，他們被沙發關在電梯裡了。」

「笨蛋，智商很低喔……」

電梯門關上，我按了十一樓，皓廷跟我對看了一眼，我們被兩個三四歲的小朋友罵智商很低，卻只能苦笑。

電梯又回到十一樓，我聽見一陣關門聲，待電梯門打開之後，我看見住在對面的其中一位女孩正站在電梯門口。

「呃……」

「呃……」

我跟皓廷都沒有說話，那女孩看著我們，又看了看沙發。

「你們……要搬出來……」

她話還沒說完，電梯門就關上了。

我們又回到了一樓，那兩個小朋友還在那裡。

「你看，他們還關在裡面耶。」

「喂，我媽媽說不能玩電梯喔。」

我不想說我跟皓廷當時的心情，所幸電梯門又關上了，我們又回到十一樓。

想當然耳，那個女孩還在那裡，對於我們還被關在電梯裡面，似乎一點都不吃驚。

「小姐，能不能……麻煩妳……」

「你們搬不出來嗎？」

「不，不是，我們出不去就沒辦法搬。」

「要我幫忙嗎？」

「是的，我們要把卡在最裡面的角給抬起來，這樣才能挪出一點空間讓我們其中一個人出去，我們需要一個人在外面幫忙把另一個角給扶住。」

「好啊，你們搬，我幫你們扶。」

就這樣折騰了好一會兒，沙發跟人都平安地離開了電梯，我們終於不必再被那兩個小朋友罵智商低。

「小姐，真是謝謝妳。」

「不客氣，你們剛搬來嗎？」

「是啊，今天才搬進來。」

她看了看我們，然後微笑著說：「這房東人很好，你們應該見過了吧？」

「是啊，見過了，她是我見過最帥氣的阿嬤，妳也是向她租房子的嗎？」

「嗯……算是吧，她確實是個很帥氣的阿嬤。」

我們隨口聊了幾句之後，她進了電梯，我們把那智商很低的沙發搬回我們的房子裡，並且約好，絕對不能讓阿居知道這件丟臉的事，不然一定會引來一陣狂笑。

這件丟臉的事我們隱瞞得很好。在B棟11樓住了一陣子之後，我們便時常看見住在對面的三個女孩。因為學校上課的時間相同，所以當我們要出門上課的時候，她們也正好打開了門。

我們兩戶的門相距大概有五公尺，所以時常是五公尺這一端的我們，看著五公尺那一端的她們，五公尺這一端說了一句早安，五公尺那一端會回應一句早安。

兩部電梯正好在五公尺的中央，有時候她們會先按了電梯，才開始穿鞋子綁鞋帶，等到電梯來了，還沒有綁好鞋帶的人，會一拖一拐地進了電梯，再蹲下去把鞋帶綁好。

進了電梯之後，她們總是按一樓，而我們總是按地下二樓。

一樓到了之後，總會有兩個女孩走出電梯，並且回頭對我們說聲學校見。跟著我們一起到地下二樓的女孩，她自己騎機車上課，而且是一部偉士牌。

三位女孩當中，最先回應那一句早安的，叫作楊婉如，她個頭小小的，頭髮短短的，長得很可愛，說話的聲音像小孩。

那一個總是在按了電梯之後才開始綁鞋帶的女孩，叫作蘇涓妮，她是頭髮最長的一個，每一次她綁鞋帶的時候，我總會忍不住看著她那一頭長髮隨著身體前傾而一泓泓地垂下，對我來說，她的長髮是不可名狀的美麗。

至於那一個騎著偉士牌上課的女孩，叫作王艾莉，她也就是那天幫我們搬沙發的女孩。皓廷跟阿居都說她是三個女孩當中最漂亮的，看起來也似乎是最聰明的，對她，我不否認我跟皓廷他們一樣也有著好感，但每次我看著她的眼睛說話時，我都有一種說不出的感覺，總覺得在偉士牌的背影漸漸遠去之後，會看見這外表的堅強，其實只是讓外人放心的一種偽裝。

B棟11樓

我們三個跟她們三個相處得還算不錯，一個星期大概會有兩三次機會在電梯裡遇見，或是在同一時間出門上學。時間慢慢地久了，彼此的熟悉也就慢慢地多了。

因為我們的系所有點距離的關係，所以在學校裡不會很常碰面。婉如是會計系的，涓妮是企管系的，而王艾莉則在中文系。

如果我們在學校裡頭遇見，可以的話會一起吃午餐，不行的話也會一同走一段路。

她們知道我們是法律系籃球隊，所以偶爾會來看我們練球。婉如的身邊一定會有一個護花使者，聽說他是剛進學校一年級的學弟，很單純、很乖，第一次追求女孩子，他以無比的勇氣與毅力追求三年級的婉如，大家都非常欽佩。

當然啦，他還沒追到，現在看來只是像隻跟屁蟲而已。

「學長，聽說婉如住在你們隔壁！」「學長，你知道婉如她們住處的電話嗎？」「學長，婉如喜歡什麼樣的男生？」「學長，她都會來看你們打球，她喜歡籃球嗎？」

這是那個學弟會跑來問我們的問題，從他的問題可以看出兩點：

第一，他真的很單純、很乖，第一次追求女孩子。

第二，他要追到婉如很難。

我也沒有追過女孩子，所以這兩點不是我歸納的，是皓廷，但我卻有很深的同感。

後來婉如被一個生物系同年級的男生給追走了，聽說那個男孩子從出現到追到婉如總共只花了四天的時間。

這個消息傳到學弟耳裡，自然有如晴天之霹靂，雨天之雷鳴，他怎麼消沉我倒是沒有親眼見識，只聽說他好幾次要辦理休學，嘴裡嚷著要離開學校這個傷心地。

他跟婉如的故事，就像是我所說的愛情文藝片，只是這部片子感覺有點太短，自然沒有受到高度重視。

真正強檔的愛情文藝片，在他們之後緊接著上演。

阿居的水彧姑娘，在這時候出現了。

阿居的水彧姑娘，在這時候出現了。

14

要由我來告訴你們阿居跟水彧姑娘的故事，說真的有點吃力，因為我不是阿居，而且阿居又不是非常清楚地交代所有跟水彧姑娘相處的過程，所以我只能憑自己的一些記憶，以及我在他們兩人的故事中所得到的感動，盡可能一點一滴地講給你們聽。

之前我說過，沒有人知道彧子的全名，所以我們只能彧子彧子地叫她。

但又因為我們從來沒有見過彧子本人，所以我們叫她的名字感覺也挺奇怪的。

夏天吧，我想，應該是夏天吧。

充滿陽光與熱情的季節，也彷彿把每一天都注滿了希望。我猜測阿居跟彧子相遇的季節，就是這讓人無法拒絕的夏天。

她是個年長阿居將近三歲的女孩，而他們相遇那一年，阿居才將滿二十一歲。

聽阿居對她的形容，我跟皓廷時常聽到流下口水來，因為即使沒有聽過她的聲音，沒有看過她的眼神與表情，在阿居的形容當中，我彷彿可以真切地感受到，原來這世界上還有如此體貼，而且又溫柔嫻麗的女孩。

「我無法不去注意她，無法不把眼光停在她的視線上，我感覺她好像隨時準備好她的笑容，去迎接每一個第一次見面的人。」

我對這一段形容有特別的印象，因為當阿居說著這段話的時候，我正拿著彧子的照片，雖然我跟她沒見過面，但就算是照片，你也可以感受到她準備好的笑容。可以這麼說吧，彧子很輕易地讓阿居感受到戀愛的滋味。

阿居和彧子是在一次義工服務裡相遇的，那是某個基金會為孤兒院舉辦的三天兩夜的活動，阿居跟彧子都是自願帶隊的義工輔導員，而他們相遇的第一天晚上，他正在準備書法學習的教材及範本。

「我住長江頭，君住長江尾，日日思君不見君，共飲長江水……」身後傳來一個女孩的聲音，阿居回頭一看，是那個讓他神魂顛倒的女孩。

「這是什麼詩啊？」

「這是一闕詞，北宋李之儀的卜算子。」

「你寫得好漂亮，可以教我嗎？」

這是彧子跟阿居剛認識時的對話，似乎可以從這句話裡面感覺到彧子當時的興奮，以及臉上無法抵抗的笑容。

「我幾乎說不出話來，她站在我身邊看著我笑，我聞到一陣陣她身上的香味，原本氣定神閒地寫著書法，那時卻連心跳都控制不住。」阿居說著，右手緊揪著左胸前的衣服。「後來，我故作鎮定地笑了一笑，開始告訴她書法的入門知識。」

「中國字是由象形、形聲、會意、指事、假借、轉注六種方式所組成的，因此在表現上就有很多種不一樣的形態，但書法本身重視的是單字的運韻與成幅的氣性，下筆時，一撇要有一撇的氣韻，一橫要有一橫的闊度，一豎要有一豎的剛毅，一點要有一點頓道。」阿居定下心神，向彧子解說著。

「你對書法這麼了解，怪不得你寫得這麼好。」

「不，這是我爸爸教我寫書法的時候，每天都會告訴我的話，聽著聽著就背起來了，一直到現在都忘不掉。」

「那你父親的書法一定更不得了了。」

「是啊，在我的眼中，他的書法永遠是第一的。」

「真的嗎？那我可以請他教我嗎？」

「我相信他一定很樂意教妳，只是已經沒機會了。」

「為什麼？」

彧子當然不知道水爸爸早已經離開，所以當她得到阿居的答案時，臉上的笑容頓時被滿滿的歉意取代。

「對不起，我不是故意要……」

「不不不！沒關係！我不介意的，而且如果我爸爸知道有這麼一個美女要請他教書法，他一定樂歪了。」阿居試圖以開玩笑的方式化解彧子的歉疚。

「你叫什麼名字呢？」彧子低頭問著。

B棟11樓

「我的名字不好說，我寫給妳看。」他用毛筆沾了沾墨，在紙上寫了水泮居三個字，彧子看了直呼好聽，阿居告訴她這名字是水爸爸取的，彧子更是高興。

「那妳的名字呢？」

「我？我有兩個名字。」

「兩個名字？為什麼有兩個名字？」

「一個在這裡用的，一個在另一個地方用的。」

「另一個地方？聽起來很神祕的感覺。」

彧子把阿居的毛筆借了過去，在紙上寫了「彧子」兩字。

「我的家人都這麼叫我，我的名字裡有個彧字，你就這麼叫我好了。」

「好，彧子，現在開始上書法第一課，就是寫好自己的名字。」

那天晚上，時間好像為他們停止一樣，阿居說，兩個人聊到聽見清晨的鳥叫，才赫然發現一夜沒睡，而那天的活動在早上七點半就要開始了。

我其實很羨慕這樣的感覺，兩個人之間的感情，像是植物有了光、有了空氣、有了水，就很自然地會滋長一樣。阿居跟彧子就像是戀琴人遇上了天籟琴，只有戀琴人聽得懂天籟琴的深深琴韻，也只有天籟琴願意為戀琴人吹彈一曲。

那一次活動結束後，彧子親手做了一張卡片給阿居，上面用書法字體寫著：

阿居：

獻醜了，我用這三天來所學的書法，為這一次活動留下一個難得而且完美的紀念，我第一次在卡片裡用書法寫字，很難看，你不要見怪唷。

我從來沒有學過書法，因為我在「另一個地方」念小學，而那裡的小學是不教書法的，看到這裡你有沒有很高興？因為我這輩子第一個書法老師就是你，雖然你比我小，但我還是要叫你一聲老師。

相信我，我對自己的眼光很有信心。

儘管水伯父的書法在你心中是永遠的第一，但在我心中，你的書法才是永遠的第一。

或子

當時彧子要一個小朋友把這張卡片交給阿居，所以當阿居看到這張卡片的時候，彧子已經離開活動地點了。

聽到這裡，我都會忍不住想像，如果我是阿居，如果我是彧子。

因為我想去體會阿居心裡的快樂、喜悅，那種因一個自己深深喜歡的人而生起的心情，也想了解當阿居知道彧子已經離開的時候有多麼的遺憾。而彧子對阿居又是怎麼樣的情感，才會讓她為阿居寫下這樣一張卡片，附上濃濃的溫情？

只是，很可惜的，阿居沒能留下彧子的聯絡方式，而這張唯一能紀念的卡片，阿居把它放在背包裡，而背包也在那晚回台北的火車上，被小偷整包給拿走了。

「我太累了，一上了火車就睡著，沒想到我的背包卻被偷了。」

當時，阿居非常生氣地跑到火車站內，在公佈及尋找遺失物品的公告欄上，用很大的字寫下了：

給所有在火車上偷東西的混蛋：

今天晚上七點半，有一輛由高雄發車開往台北的莒光號，如果你在第十一車第二十三號座位偷走了一個藍黑相間的背包，那裡面所有的東西你全都拿走沒關係，但我只求你把那一張寫著水泮居收的卡片還給我。

如果你看到這個留言，請把卡片寄到台北縣……水泮居收。

期盼你還有點良心……

當然，這個方法是失敗了。因為完全不知道小偷是在哪一站下車的，就算小偷也在台北下車好了，他也不一定會回到車站裡看見這篇留言。

等了好一陣子，卡片沒有出現在我們B棟11樓的信箱裡，阿居那一陣子的心情非常非常地差。

B棟11樓

直到有一天，阿居洗完澡從浴室出來，他慢慢地走回自己的房間，關上門。

過了約莫一分鐘，我跟皓廷都被他的叫聲嚇著。

原來他的手機裡，有一通顯示陌生號碼的未接來電，以及一封簡訊。

我是彧子，好久不見。

像必須要走完的緣分一樣。

15

本來就不太對勁的阿居，在那通簡訊之後，他就更不對勁了。

有一陣子，阿居好像迷上戰鬥機模型，一連幾天，只要一有空閒，他都在跟那架戰鬥機搏鬥。

直到前幾天，我們B棟11樓的信箱裡躺著一封信，收信人是水泮居，寄信人的名字卻用英文表示。那封信很薄很薄，從郵戳上看得出來是國際快捷。

「阿居，有你的信。」

我把信遞給他，他很快地接了過去，卻在拆信之後，開始沉沉的默然。

「這是什麼時候的事？」我跟皓廷好奇地問他。

「就前一陣子，我跟你借衣服、借錢，還有摩托車時的事。」

「哇靠！那你也太會藏了吧！我們同住一個屋簷下，你戀愛的事連說都沒有說。」

「我們根本沒有戀愛。」阿居苦笑著說：「根本，沒有戀愛。」

我跟皓廷也沉默了，拍拍他的背，以無聲的支持給他最大的安慰。

他跟彧子再一次相遇的感覺，連我這個局外人都可以感受到那一股快樂與興奮。

雖然當時我完全不知道彧子的存在，只是猜測到，阿居這反常的舉動，是為了某一個女孩子。

阿居很難得地向我借了白色襯衫，還有一條 EDWIN 的牛仔褲，為了讓他約會更順利，我還拿了一件絨布格子背心借他。

「你剛剛在叫什麼？被鬼嚇到喔？」皓廷好奇地問著。

「是啊，而且像開竅了似的，還跟我借衣服。」

「沒、沒事，我收到一個訊息，現在有個很重要的約會，我馬上就要出門去。」

「喔？女孩子嗎？哇靠！水泮居戀愛了耶！」

「別亂講，我跟她只是朋友，互相欣賞的朋友。」

聽皓廷這麼一說，阿居其實挺爽的。

我借了阿居一點錢，還有我的摩托車，我記得那天是星期六，下午的台北沒有下雨，陽光小氣地只露出那麼一點點。

阿居跟彧子相約在捷運北投站的出口，因為彧子說她沒有去過陽明山。

阿居是個不太出門到處玩的人，基本上是個路癡，所以他們在北投附近迷路了好一陣子才找到上山的路。

阿居說彧子帶了相機，沿路東拍西拍，就是沒有想到要兩個人一起拍，為了這點，他在騎車的時候還懊惱了好久。

後來在遊客休憩的中心吃東西時，剩下最後一張底片，彧子選了中心裡那一大幅櫻花照當背景。那是他們第一張，也是唯一的一張合照。

他們在陽明山上待到了晚上，阿居很遜地問路人該怎麼到文化大學後面賞夜景，只是他沒想到週末的賞景點像是台灣最高的夜市一樣，人很多，路邊車子停得亂七八糟。

彧子問阿居有沒有興趣一起去泡溫泉？這問題讓阿居嚇了好大一跳，但這也不能怪他，如果一個美女問我有沒有興趣一起泡溫泉，我也會嚇一跳。

但他們真的一起去泡溫泉了，只是阿居泡的是男湯，彧子泡的是女湯。

我問阿居，在那樣的夏夜裡泡溫泉是什麼感覺？他只說了一句話：「很燙。」

很晚了，週六夜裡的台北像睡不著的孩子，阿居帶著彧子從陽明山上下來，以時速三十左右的速度，慢慢地要回彧子的住處，不過他又不小心迷路了一會兒，來到了大安森林公園。

天知道他到底是真迷路還是假迷路？不過，迷路到大安森林公園之後還會停下來散步的迷路，這就心知肚明了。

「那次沒留下妳的電話，我苦惱了很久。」走在彧子旁邊，阿居摸了摸鼻子說著。

「那你苦惱的程度一定沒有比我多，因為我苦惱到跑回基金會去找你的資料，才找到你的電話。」

「哎呀！我怎麼沒想到……」

「可見你不夠苦惱。」

「苦惱的程度是這麼比的嗎？」

「我不知道，但是拚命一直想找到對方的程度，大概就是這麼比的了。」

阿居看了看彧子，沒有說話，彧子從包包裡拿出名片，那是一張用書法字體寫的名片，但只有「彧子」兩字，卻沒有電話跟地址。

「沒見面這一陣子，我每天都在練習書法，這是我寫得最好看的一張，就當作是最後的禮物送給你了。」

「最後的禮物？」

「明天早上，我就要離開台灣，回到另一個地方了。」

「另一個地方？那到底是什麼地方？」

「我本來的家，我長大的地方。」

「為什麼不告……」

「阿居，我很抱歉，很多事我沒有告訴你，是因為說了也來不及，你一定不相信我真的願意付出一切代價，只希望能早一點遇見你。」

「彧子……」

「有一件事我一直沒有做完，你可以幫我嗎？」

「可以。」

「孤兒院的漢漢，你知道嗎？」

B棟11樓

「知道。」

「我欠他一架模型戰鬥機，幫我做給他，好嗎？」

「好。」

那天晚上，彧子自己走出了大安森林公園，叫了一輛計程車，她跟阿居的緣分，就只剩下汽車後座窗子裡伸出的那隻手所揮動的再見。

阿居很匆忙地回來，說他要再借我的摩托車一天，然後衝進他的房間裡。過了一會兒，他又衝了出來，拿了鑰匙，連再見也沒說地又出門了。

那天晚上，他沒有回來睡。

阿居說他在彧子的住處外面等到天亮，只是為了拿一顆石頭給她，那上面有他寫的「居」字，並且告訴彧子，要記得寫信給他。

前幾天，我們B棟11樓的信箱裡躺著一封信，收信人是水泮居，寄信人的名字卻用英文表示。那封信很薄很薄，從郵戳上看得出來是國際快捷。

「寄信人Matsumoto Tamago？這是什麼？」我很好奇地問阿居，但阿居沒有回答。

這個Matsumoto Tamago寄給阿居一張照片，沒有任何一句留言。

在這之前，阿居已經把戰鬥機拿給了孤兒院的小朋友漢漢，漢漢告訴他，他等戰鬥機等了很久，而且還有樣東西要跟阿居交換。

「那是一封信……」阿居說，這時他已經掩飾不住那深沉的感傷，眼眶紅了一片，

「原來彧子早就把信準備好了……」

說到這裡，阿居拿出那一封信，上面只寫了兩句話：

日日思君不見君，只願君心似我心。

Hosino Tamago

「Hosino Tamago 是日本名字的羅馬拼音，意思是星野玉子。」阿居輕輕地說：

「而 Matsumoto Tamago……卻是松本玉子……」

我看見阿居的淚水滴在手背上，同時也感覺到一陣鼻酸。

你一定不相信，我真的願意付出一切代價，只希望能早一點遇見你。

16

這是阿居在B棟11樓所上演的第一部強檔院線片，女主角彧子以命運的安排做為這一部片的Ending，沒有煽情的不告而別，沒有激動的纏綿悱惻，沒有極端的生離死別。

但就因為這一些沒有，所以就更沒有與生命的安排妥協的空間。

「啊，不怕相思苦，只怕妳傷痛，怨只怨人在風中，聚散都不由我；啊，不怕我孤獨，只怕妳寂寞，無處說離愁。」

門是關著的，好幾個學校沒課的早上，張學友的〈秋意濃〉從阿居的房門縫裡，像忘了關上的水龍頭一樣滲出來，與透過窗櫺掉在地板上的陽光形成一種強烈的情緒對比；通常這樣的好天氣，都會聽見阿居大聲喊著「多麼好的天氣啊」，接著拉開窗簾，回頭說道：「這真是帶小朋友打球爬山的好日子！」

窗簾拉是拉開了，只是那是皓廷跟我拉的。孤兒院的小朋友也沒有去爬山打球，因為他們的居哥哥在房間裡唱失戀的歌。

這情況很熟悉是吧？

好像在大一上即將結束時，某位現任系籃隊主力也曾經為了愛情這檔事沉寂了好一段時間，最後還是靠兩個好朋友一拉一拔才慢慢地從失戀的深淵裡爬起來；那跌撞過後的傷因為時間慢慢地痊癒，那曾經燦爛的笑容也因為逐漸看開而重揚迷人的唇角。

「至少我走過來了。」皓廷經不住我的虧言虧語，「請看看我迷人的陽光笑容。」

他僵硬地笑開了嘴，幸好沒有流下口水，否則遠遠看去一定活像個白癡。

先是皓廷，再是阿居，我身邊最好的朋友一個一個淪陷愛情的國度裡，他們像是扣著盾甲、舉著銀劍、騎著戰馬急欲攻下城池的戰士，卻往往沒想到愛情城堡當中不是只有溫柔與美麗而已。

我聽過一場演講，那是個心理學教授主講的，題目是「青春期的美麗與哀愁」。演講當中提及了所有與青少年有關的生活、情感、家庭、友誼、課業與青春期對未來的影響，尤其在情感與友誼上著墨甚深。

那位教授說：「當你在乎對方的存在，不論是同儕好友還是異性伴侶，都像是在下一盤不能輸的棋，或許你會知道你的每一個攻守都是關鍵，但你可能會忽略你的對手不只是對方，還有你自己。」

所以我回過頭來看皓廷、看阿居，我似乎在他們的傷痛上看見愛情的陷阱，而且陷阱本身沒有傷害性，因為讓自己受傷的是所謂的在乎。

睿華不愛皓廷嗎？當然愛，而且愛得很多。

彧子不愛阿居嗎？當然愛，而且愛得很多。

而皓廷呢？阿居呢？他們不愛她們嗎？當然愛，而且愛得很多。

但愛得多沒有效果，因為這盤棋有對手，他們的盾甲銀劍戰馬或許都派上了用場，但最後卻輸給了自己。

或……喔，不！是玉子，玉子早在日本有婚約的事情，她選擇了不對阿居坦白，是因為阿居讓她看見了前所未有的美麗與期待。我似乎可以了解這樣的心情，更可以想像，當玉子搭上飛機離開台灣的時候，她有多麼不希望將在目的地接她的人，會是一個有權利把戒指套在她手上的人。

所以，阿居痛了，玉子也痛了。

要怪孤兒院辦的活動嗎？還是學了十幾年的書法？要怪那闕該死的卜算子嗎？還是詛咒在日本的那位松本先生他家死光光？

什麼都怪不得的時候，就怪命運吧，就怪天吧。

只有命運不會反駁你，只有天不會因此而生氣。

怪完了之後呢？就開始反省。

反省為什麼會這樣？情況為什麼不被控制？事情為什麼這麼演進？是自己做得不夠多？對方配合得不夠徹底？是時間點的錯誤導致最後的傷心？還是根本就是命？

然後又忘了自己在反省，繼續怪天怪地怪命運。

「我不是在搞笑，我是在把自己的看法講給你們聽！」

我很認真地對阿居和皓廷說，但他們的眼神告訴我，我根本就是在胡謅。

好吧，隨便，胡謅也好，認真也罷。我只想問，問一個幾乎每個人都會想的問題，就是：「愛情既然那麼多刺，又何必去碰呢？」

是啊！明知是多刺的，又去碰，碰了受傷又喊痛，痛了又說自己錯，錯了再忘又去碰，碰了受傷又喊痛，痛了又說自己錯。

錯了又錯，一錯再錯。

這樣的循環無聊得緊，而且戲碼如出一轍，只要有對象就可以演，不需要導演編劇燈光製片，也不需要美工創意特效總監，只要記得演「錯」事就好了。

難怪中國娃娃的唱片會賣嘛。「大錯特錯不要來，污辱我的美……」

說到這裡，如果你已經被我說服，那你就錯了。因為那教授在即將結束演講前說了一句讓我印象深刻的話：「世上情愛萬萬千，不屑一顧枉為人。」

因為這句話，讓他在散場之後被大批的聽眾包圍，還有人請他當青少年家庭問題調解師。我數度想突圍，都沒辦法接近他一步。

直到最後，我在停車場孤注一擲地等待他的出現，他吃力地提著一個手提包走來，那手提包沉沉的，我想裡頭大概裝了聽眾送的禮物吧。

「教授，不好意思，耽誤你一分鐘的時間，有個問題請教你。」我衝上前去，小心翼翼地說著。

「請說。」

B棟11樓

「美國詩人麥克利許說：『詩本身並非有所意指，存在就是它的意義』，那麼愛呢？愛的存在意義是什麼？」

聽完，教授看了我一眼，然後笑了一笑，回答了一個讓我思考許久的答案。

「孩子，這個手提包很重，幫我提一下。」

他把手提包遞給我，我右手接過，但有些吃力，於是我用雙手提著。

「教授，你還沒有告訴我答案呢！」

隨著教授走著走著，他似乎沒打算開口回答，只是不停地往某輛高級轎車走去。

接著，他打開後行李箱，要我把手提包放進去。他關上了行李箱，對我笑了一笑，然後上了車，發動了引擎，將車子倒退到我旁邊。

「孩子，我已經告訴你答案了。」

「教授，你在開玩笑嗎？」

「我沒有在開玩笑，」他推推眼鏡，「你的右手提不起手提包，左手會幫忙提。」

他說了再見，踩了油門，我看著車影漸漸離去。教授的答案我聽得一頭霧水，努力思考其中的意義，但許久仍無法得到答案。

直到她的出現，我才開始有些明白，右手提不起的東西，左手會幫忙提。

世上情愛萬萬千，不屑一顧枉為人。

17

周好萍是我的第二個家教學生，之前我已經說過，她是個功課很好的小女生，只是她的父母親不放心她一個人在家，所以請個家教來陪她。

「不是要請女孩子嗎？」

當家教中心通知我到好萍家上課時，我其實是一頭霧水的。

「周先生自己打電話來，又說要男孩子了，而且指名要你。」

「指名要我？為什麼？」

「天曉得。」

「天曉得？」

就這樣，我被一個天曉得的指名安排到好萍家擔任她第七任家教老師。是的，你沒看錯，第七任，七，Seven。

中華民國總統從一九四八年到現在也才歷經十任總統，好萍的家教就換了七任，這不禁讓我回想起我的第一個家教學生小蒯，他也是換了三個家教老師，第四個才是我。

「林同學，我跟你們系上的李教授是高中同學，他向我推薦，說你是個很不錯的家教人選，聽說你還出面處理一個家教學生所遭到的暴力事件是嗎？」

B棟11樓

原來周先生指名我擔任妤萍家教的原因，是因為我的少年事件處理法理論的指導老師推薦，我不知道老師到底跟周先生說了什麼，我只知道我的鐘點費比以前多了很多。

只是周先生真的很忙，他才匆匆見了我一面，向我介紹妤萍之後，又匆匆離開家。

第一次見到妤萍的時候，其實我是很緊張的。除了她是一個女孩子之外，大部分都是我自己的問題，因為我沒有跟女孩子長時間單獨相處的經驗，我很擔心自己的言行失當或表現很差。

「老師你好，請問貴姓？」

她問候的聲音平順，恰到好處，好像是見新家教的經驗豐富所致。

「我姓林，叫林子學，妳不需要叫我老師，叫我子學也可以。」

「不好意思，我不習慣直接叫家教老師名字，我還是叫你林大哥吧。」

她有些勉為其難地說著，我看見她的苦笑。

「沒關係，沒關係。」我試著讓她感覺自在些，同時也讓自己自在些。

「林大哥，在你告訴我你的原則之前，我可以先說說我的原則嗎？」

果然是有經驗的家教學生，跟家教相處到已經有原則建立了。

「第一，我的功課不需要家教擔心，也不需要父母擔心，所以你不需要安排進度教我什麼，我會自己念書。第二，我不需要任何期考禮物。第三，每天晚上八點半到九點是我練鋼琴的時間，這段時間請不要吵我。第四，我不需要任何笑話或故事來消遣念書的無聊與寂寞。以上四點，林大哥清楚了嗎？」

「清楚，而且嘆為觀止。這些原則是妳本來就堅持的嗎？」

「不是，到第三個家教老師才有的。」

「每換一個家教，妳就重新告訴他一次？」

「是的。」

「我想妳大可以用妳的電腦和印表機，」我指著她的電腦桌說：「把這四點清清楚楚地打出來，並且選擇十六或十八的字體大小，印出一張美麗的家教原則，另加護貝增加其精美的程度，每換一個家教，妳就可以省些口舌之述。」

聽了我說的話，她有些訝異地看著我。

「這是良心建議，不是開玩笑的，如果妳總是一開始就把自己跟家教老師的距離拉遠的話，那這張家教原則可以幫妳很大的忙，距離會更遠。」

她沒有說話，似乎有些不好意思地看著我。

「好萍吧？」我在紙上寫下她的名字，「這麼寫對嗎？」

「嗯。」

「妳先不需要感到不好意思或是不自在，我沒有挖苦妳的意思。我絕對同意妳的原則，我一一說給妳聽。」我拉過椅子，也示意請她坐下來。「剛剛妳爸媽已經有拿妳的成績單給我看過了，憑良心說，要我來教妳，不如請妳來教我要好一點，我高中時的成績都不一定比妳好。」

「……」

「我也不會買任何妳所謂的期考禮物給妳，說實話，我從不知道該買些什麼給女孩子當禮物，所以妳的原則讓我省了很多麻煩事。」

她抿嘴笑了一笑。

「我每個星期一、三、四、五的晚上六點半來到妳家，就算都沒有教妳什麼，光坐兩個小時也夠累了，妳願意給我半個小時的時間活動活動，我還得謝謝妳。」

她笑得更開了，我發現她的眼睛很漂亮。

「最後，請妳一定要接受我的感謝，因為笑話跟故事都是我最最最不擅長的，妳要我說笑話給妳聽，還不如叫我去爬樹會比較容易一點。」

「林大哥，你沒有原則要告訴我嗎？」

「有，在告訴妳原則之前，能不能先問妳一個問題？」

「請說。」

「為什麼一定要練鋼琴？」

「因為我愛鋼琴，」她像變了個人似地說著：「如果不是為了不讓爸媽失望，我什麼都不想學，只想學鋼琴。」

「為什麼不告訴爸媽妳的想法？」

「我說了，但爸爸說彈鋼琴不能當飯吃，就算世界上著名的鋼琴家千萬個，也不一定會出現在我們家，更何況鋼琴家是萬中選一的，菁英中的菁英，所以他要我認真念書，鋼琴當成是消遣興趣，會比苦學更好。」

「妳覺得彈鋼琴苦嗎？」

「不會，一點都不苦。」

「好，我告訴妳我的原則，那就是妳在彈鋼琴的時候，我要坐在旁邊欣賞，可以嗎？」

第一次跟妤萍的相處，在融洽的氣氛下落幕，當我要離開的同時，周先生也正好回來，他看見妤萍跟在我的後面要送我出門口，很驚訝地說道：「妤萍十三歲就請家教了，但我還是第一次看見她會送老師離開的。」

我不知道這是不是表示我跟妤萍的相處很成功，但我知道在妤萍眼中，我至少跟之前六位家教老師是不一樣的。

帶著有些驕傲的心情，我離開了妤萍家，慢慢進入秋天的晚風，淺淺的涼。

我騎著車子，一個人在回B棟11樓的路上，突然又想起教授所說的，「右手提不起手提包，左手會幫忙提」這句話，再一次陷入思緒當中。

在上一集的最後我說了，我遇見一個她，讓我開始慢慢體會這句話的含意，但如果你們以為讓我開始體會到這含意的女孩是妤萍的話，那你們就大錯特錯了。妤萍只是個

B棟11樓

十五剛過，十六未滿的小女孩，就算她的身高和身材都不像十五六歲的小女生，但她終究是小女生。

她家住在離好萍家不遠的地方，幾乎每天晚上，我都會在那個路口看見她。那是個賣鹹酥雞的路邊攤，每天生意都好得不得了。

記得我只是隨意地買過一次，我就對這個路邊攤印象深刻。除了東西好吃、老闆待人和善、還有個漂亮的女兒，每天晚上都會幫他的忙之外，就是老闆只有一隻右手，他的左手只有一半。

「車禍意外撞斷了我爸爸的左手，」一次我冒昧地問她，「所以我是我爸爸的左手，我可以減輕他右手的負擔。」

記得上次我問教授「愛的存在意義是什麼」，見到這麼一個如此接近答案的實例，讓我開始慢慢了解……

「因為我在你身邊，所以我願意為你分擔辛苦，也因為你的存在，所以我的辛苦，也會有你為我分擔。」

已故的印度詩人，第一位得到諾貝爾文學獎的東方人泰戈爾在千言詩《漂鳥集》裡寫過這樣的一句話：

「愛啊，我得以見你，因為你來時手中燃燒著的痛苦之燈，並且知道你也是有如置身天堂的快樂。」

所以我想，即使這鹹酥雞攤的老闆因為失去了左手而畢生帶著痛苦，但因為愛，他的女兒也同時讓他感受到有如置身天堂的快樂。

不過不管我想的是不是全然正確，那都不是重點了。突然我懷疑教授是不是天上的神仙，即使我對神鬼之說非常不屑，但他所說的真的讓我有不知如何形容的貼切。

「世上情愛萬萬千，不屑一顧枉為人。」

愛有時也會失敗，是我們都無法將其當真理來接受的事實。

《漂鳥集》亦如是說。

18

再一次碰到徐藝君，是在學校的餐廳裡。距離上一次見到她，好像已經有幾個月的時間了，我還記得她一個人靠在投幣式洗衣機旁邊，似乎在心煩著什麼，從她的眼神中，你幾乎可以感覺到她的心事很多很多，多到像一顆化膿的青春痘，隨便一擠就會爆開。

好，我知道我形容得很噁心，但很貼切不是？

我走到她的旁邊，「嘿！七月天，熱得要死的午后，一個人在洗衣店裡洗衣服，不覺得熱到發燙？」我說。

「是你啊，內褲。」青春痘被我這麼一打招呼，她終於回過神了。

「我叫林子學，不叫內褲。」

「喔，我知道了，內褲。」

「妳好像在想事情，想得很入神，連我進來了都不知道，心情不好嗎？」

她看了我一眼，「是不怎麼好。」她咬著指甲說。

「也難怪，這麼熱的七月天，就算妳一動也不動，皮膚依然會像崩裂的水壩一樣，汗水會迫不及待地流出來，心情會好得起來才怪。」

「我不是因為氣溫的關係影響心情的，」她撩了一下短衣袖，「是因為一件很低級的事。」她又咬著指甲說。

低級的事？我很直覺地想到可以被歸類為低級事的地方去，但愈想愈不可能，她應該不是個會看A片的女孩，更何況看A片不會心情不好，更不會讓自己心事多得跟化膿的青春痘一樣。

一個不小心脫口而出：「是因為A片嗎？青春痘……啊！」我趕緊摀住自己的嘴巴。

「什麼青春痘？」她當然不得甚解。

「不，我是說，好熱，好熱喔。」隨著我的乾笑，有兩滴汗水從我的頰邊滑到下巴，然後像個勇敢的跳水選手一樣，想都不想地就往地上砸去。

這時烘乾機嘟嘟作響，想必是她的衣服烘乾了。

「這麼熱的天氣，衣服曬半天就乾了，還有太陽的味道，自然的好，為什麼還要烘乾？」我很快地轉移話題。

「太陽的味道？」她問。

「是啊，太陽的味道，我也知道這名詞很奇怪，但那是我媽說的。」

「你媽說的？」

「嗯，在我很小的時候我媽就告訴我了，我印象很深刻。」

B棟11樓

「你好像很聽你媽的話。」

「我……」突然間，我不知道該回答什麼。

「我想，太陽的味道不適合在我的衣服上出現。」她說，並且伸手提起放在地上的衣籃。

她收好了衣服轉身就要離開，我再一次從她的眼神當中看見她深深的愁思。

「喂。」我叫她，她回頭。「妳好像有心事，需要找人說說嗎？」

明知這是在擠那顆青春痘，明知或許會弄髒自己的手，但我還是問了她，沒有理由。

她只是看看我，然後淺淺地笑了一笑，那勉強牽動的嘴角，像是千百斤重一般，只能稍稍揚起那一秒。

這是幾個月前，我還住在那神奇的學生公寓時遇到的徐藝君。

幾個月之後，我已經住在B棟11樓，不知道她是不是還住在神奇公寓。

學校餐廳裡，她一個人坐在可以容納十個人的位置上，很專注地盯著TVBS整點新聞，我沒有仔細看新聞在播什麼，只隱約記得我們的阿扁總統又被罵了，理由是九二一已經兩年有餘了，災區重建的進度似乎不是盡如民意。

「嗨，青春痘。」我一時沒記得改口，沒想到幾個月前一個臨時的稱呼到現在我居然還記得！「呃……我是說，嗨！徐同學。」

我尷尬地笑著，放下我手上的餐盤，餐盤上的雞腿較重，我的手有些失去平衡。

「喔，是你啊，內褲，好久不見了。」

「既然妳堅持叫我內褲，那好吧，妳介意讓一件內褲坐在妳旁邊嗎？」

「請坐啊，內褲。」

說完，她張嘴狂笑，而且持續了好一下子，附近的同學都投以「看到鬼」的眼光。

我可笑不出來，說實話。你眼看著一個人已經把內褲當作你的名字，而你卻只能怪自己當初一個疏忽導致晚節不保，還笑得出來的話我佩服你。

「笑歸笑，別噎著了。」

「不好意思，失態失態。」她的回答還帶著笑聲。

「沒關係，從第一次見到妳到現在，妳一直都在失態，我已經以為這是妳的常態。」

「第一次不算，那次我喝多了。」

「沒關係，我不會把妳的糗態說給別人聽的。」

「糗態？」她似乎有些緊張，「什麼糗態？快告訴我。」

「沒事，沒事。」

我有些後悔選擇坐在她的旁邊，我只是抱著一種好久不見的心態來找個伴一起吃飯的。

過了一會兒，我試著打破稍稍僵化的氣氛。

「十一月天，微寒秋濃的午時，一個人在餐廳裡吃飯，不覺得太浪費美好時光？」

「你有些笨，」她瞇著眼睛說：「管他是不是微寒，管他秋意濃或不濃，午時的餐廳裡，你不吃飯還能幹嘛？」

「呃……」我尷尬地結巴著。「妳都這麼……嗯……誠實？」

「沒關係，你可以說我直接還有尖銳，我不會介意的。」

「好吧，直尖小姐，很抱歉打擾妳吃飯了，我還是到別桌去吃好了。」

「直尖小姐？」

我站起身，端起我的餐盤，「直接與尖銳的簡稱。」我說。

起身後，我四處環顧著，在大電視機旁邊找到一個位置，那是個兩人座位，我回頭向她微笑點頭，並且快步離開。

其實，我不是不高興，也沒什麼好不高興的，只是我覺得話不投機半句多，平時還好，吃飯的時候很可能影響胃口。

換過位置果然不太一樣，吃起飯來「雙快」的感覺很好。

「雙快」是阿居教我的，前一陣子，本來我還以為是筷子，後來他告訴我，「雙快」是指「快樂」還有「快速」。

就在我要啃完那隻雞腿的時候，徐藝君走到我的旁邊。

「林同學。」她第一次沒叫我內褲，我竟然有些感動。

「嗯？」因為嘴裡有雞腿肉，我不方便開口。

「你知道什麼是ZHR嗎？」

ZHR？是一種重型機車的名字嗎？我只是這麼想，但我沒回答，只是搖頭。

「你想知道嗎？」

我很快地吞掉最後一口雞腿肉，「知道有什麼好處嗎？」我問。

「沒什麼好處，只是知道了。」

「那我這麼問好了。」我靈機一動，想到了另一個問法。「我知道了這個ZHR，妳就不會那麼直尖嗎？」

我記得那一天是二〇〇一年的十一月十八日。

她說，這天是她的生日，她想找個不是很討厭的人一起吃晚飯。我問她不討厭我嗎？她說還沒到討厭的地步。

不知道為什麼，我答應了跟她一起吃晚飯的約定，而且是我請客。

我問她為什麼不找同學或朋友？她說她在台北沒有朋友，同學們也都跟她有距離。聽她這麼一說，我有那麼一點了解了。雖然不常見到她，但每一次見到她，她都是一個人。

「ZHR是一種平均數，叫作天頂平均數，它用在計算流星雨。」走出餐廳的時候，她認真地說著。秋末的台北正午，陽光有些吝於探出頭來瞧瞧地球。「它是由雲量修正係數、極限星等修正係數、輻射點的天頂距修正係數，還有時段觀測流星數四項相乘，再除以觀測時間，而這個觀測時間，必須是有效的觀測時間，也就是說，若觀測時間一小時，你一共低頭或離開觀測點五次，那你就得減去那些時間。」

她說得很仔細，我卻聽得有些吃力，對於這些沒有研究的東西，我一點都不了解。

「告訴我這些做什麼？」

「不知道，只是直覺你會認真地聽完，即使你沒聽懂，你也不會排斥去聽。」

「我是真的沒聽懂。」

「沒關係，聽了就好。」她轉頭對我笑著說：「聽了就好。」

那一瞬間，我以為是天使在對我微笑，直到校鐘叮噹響。

我以為，是天使在對我微笑。

19

她要我留下手機號碼給她以防萬一，她說她常常跟別人約好，卻又被別人放鴿子，所以她堅持要我把電話給她。

我從書包裡拿出筆，卻找不到空白的紙，我問她有沒有帶紙，她說沒有，我本來要把課本的扉頁撕下一角來寫，但她說撕法律書會倒楣，拿走被撕掉的部分會更倒楣，我問她從哪裡聽來的，她沒告訴我。

「不然我寫在桌上好了，妳要打電話給我就來這裡看。」

「你有毛病嗎？誰會為了打一通電話從理學院走到這裡啊？」

「那，妳告訴我妳的號碼，我打給妳，就會有顯示號碼了。」

「不要，我還不想給你電話。」

嗯？不想給我電話？不想給我電話為什麼還要約我一起吃飯？

「不想給我電話的意思是？」我以為她的話中另有含意，所以我帶著深深的疑惑，並且禮貌地問著。

「就是你不會有我的電話的意思。」

「妳用的是龜毛電信嗎？」

B棟11樓

「什麼？什麼信？」

「Nothing! Nothing! 那，我寫在妳的手上好了。」

「不要。」

男人跟女人在僵持一件事情的時候，往往理智的一方看起來總是弱勢了些。因為我是理智的，而且我沒有跟女人僵持的天分，所以我明顯的弱勢。

最後，我跑到櫃台去向歐巴桑要了一張餐巾紙，把名字跟電話抄給她。

她很滿意地帶著笑離開，還不忘說拜拜。

我不知道她為什麼堅持不給我電話，也不知道她為什麼一定要我用紙寫給她我的電話，但我回想了一下，從認識她到現在，雖然沒聊過幾次，但她給我的感覺一直是怪怪的，所以，這應該也是她怪的一部分吧。

看著她的背影消失在餐廳的角落，我回頭看著已經啃完的雞腿，突然覺得好像沒有吃飽。

我走出餐廳，些許冷風吹來，十一月天的台北有些微寒，因為三點才有課，我心想回到B棟去睡個覺，或是看點書。

我走過學校的文學院，在長廊間看見有人在排練歌舞，大概有十幾個女孩。因為她們都穿著火辣，該低的胸都夠低了，該衩的裙子都夠衩了，所以圍觀的男性多過女性。

很快的，我在這一群圍觀的男士當中發現了亞勳和阿居，但他們沒有發現我。這也難怪，要他們把眼睛拔離那一群辣妹身上絕對有技術上的困難。

這時我聽見音樂聲響起，一個清柔卻明亮的聲音從那群女孩當中傳出。

「注意節拍！身體盡量伸展，別因為旁邊有男生在看就放不開。」

她這話一說完，引起周圍的男生一陣小騷動。

「注意了！一、二、三、四，左邊、右邊，左邊、右邊，一、二、三、四，回到原點，再來一次！一、二、三、四、二、二、三……」

我看得入神，而且有一種不知怎麼形容的感覺，但是我沒辦法欺騙自己，她的每一個動作、每一個轉身都像是一件藝術品，我看著她眼神中的專注，竟然有點……

原來她是住在我們對面的三個女孩之一，就是那個每天騎偉士牌上課的王艾莉。

這時亞勳發現了我，拉著阿居走到我身邊。

「子學，聽阿居說，那個穿紅色衣服的女孩住在你們對面？」亞勳語帶興奮地問著。

「是啊，你想認識啊？」

「此女只應天上有，輕易放棄是小狗，只要是男人都想認識好嗎？」

「他一直叫我幫他，但這事我幫不上忙，說漂亮是真的漂亮，但還是純欣賞就好。」阿居拍著亞勳的胸脯說。

「我可以搬到你們的B棟11樓嗎？」亞勳的口水有點要突破防守的感覺。

B棟11樓

「還是算了吧。」我說：「這一群圍觀的男人當中，至少有三分之二已經被她吸走了，你還要跟別人搶嗎？」

我笑著說，但心裡卻感到一陣空虛。

或許我就是那三分之二的其中一個吧，只是我不明白那無法形容的感覺是什麼，只覺得有點怪。

這時手機響了，顯示的卻是私人號碼。

「喂，是我，徐藝君。」

「喔，是妳啊，妳不用上課嗎？怎麼現在就打來了？」

「教授臨時請假，不過三點半還有課。」

「喔，那表示下午茶泡湯了。」

「下午茶？呵呵，你在約我嗎？」

「沒有沒有，別誤會。打給我有什麼事？」

「有兩件事要跟你說。」

「什麼？」

「第一件事，今天晚上六點半，我在公館的玫瑰唱片門口等你。」

「玫瑰唱片門口？為什麼不約在校門口？」

「哎呀，玫瑰唱片門口就是了啦。」

「喔，妳高興就好。」

「第二件事……」

「什麼啊？」

「我不知道你對看辣妹跳舞有興趣。」

嗯？

我像是被電擊一樣，嚇了一跳，四顧著人群，卻沒有發現她在哪裡。

「我在你的左後上方。」

我轉頭往她所說的方向，看見她站在四樓，手伸向窗外向我招手。

「妳怎麼知道我在這裡？」

「我在這裡上課啊，碰巧看到你。」

「我必須解釋一下，我不是喜歡看辣妹跳舞，我只是……」

「只是什麼？」

「我只是路過而已。」

「是嗎？這一小段路你花了好久的時間還沒走完呢。」

「哎呀，總之我不是喜歡看辣妹跳舞啦，她們身材好歸身材好，但我欣賞的不是身材好嗎？」

「那你欣賞的是什麼？」

「妳問這個幹嘛？手機很貴，而且我們一定要這樣面對面，距離四樓之隔地聊天嗎？」

「你先說啊，你欣賞的是什麼？」

我答不出話來，因為我從沒有想過我到底欣賞女孩子什麼？這或許也就是我從沒有談過戀愛的原因吧。

我不知道該欣賞什麼，就沒辦法進一步地喜歡她什麼，既然沒有辦法知道喜歡她什麼，怎麼可能戀愛呢？

「我不知道耶……」

「不知道？」

「嗯，我不知道，沒有答案可以告訴妳，頂多只能說，看見女孩子笑，我會很開心。」

「笑？」

「是啊，笑，妳剛剛要離開餐廳的時候，妳的笑就讓我很開心。」

「真的嗎？」

「是啦，妳到底問這些幹嘛？這就是妳要說的第二件事情嗎？」

「對啊，我說完了，晚上六點半見，拜拜。」

她掛了電話，在窗口向我揮揮手。

我回頭，亞勳跟阿居的眼睛還黏在王艾莉身上，現場三分之二的男人的眼睛也一樣。我覺得有點睏，看了看時間，離三點的上課時間不到兩個小時，我心想，那就到保健中心去借個床躺一下好了。

對了，說到保健中心，讓我想起我在高中的時候，有一次高燒嚴重，老師已經通知爸媽來帶我回家，要同學先送我到保健室去休息。

到了保健室之後，校護替我量了體溫，那是我有生以來發燒最高溫，三十九點九度。說真的，我有一種「不如歸去」的感覺。

偏偏那天保健室的生意特別好，沒有空的床位，校護要我鋪草蓆睡在地上，我輕聲地說了聲「謝謝，不用了」，她又說要幫我叫救護車，我也婉拒了她。然後被同學攙扶著走回教室。

我同學在扶我回教室的路上不斷抱怨著：「鋪草蓆睡地上？哪有人這樣的，是不是算準了如果你掛了就直接捲起來比較快？」

我聽了笑個不停，但因為發燒，全身上下每一處都痠痛，所以我愈是笑，就愈覺得身體像要爆炸了一樣。

事後我懷疑我同學想用笑話謀殺我。

回到教室之後，我在一陣精神混沌當中睡著，沒多久就做了一個夢。

我夢見我是個很帥的帥哥，不管是功課還是體育方面都是頂尖的優秀，全校的女孩子都想跟我談戀愛，每節下課，教室的窗外就擠滿了要拿情書給我的女同學。

然後隔壁同學的鉛筆盒掉到地上，發出很大的聲響，我輕易地被吵醒了，很想朝他的後腦勺扁下去。

但是我沒有，因為當時我如果出手打他，我會比他更痛。所以我只是瞪了他一眼，無奈地趴下，然後很快地又睡著。

陰沉的天色，傍晚時分，我騎著車子在路上奔馳，沒多久開始下雨，不大不小的，我撐著騎到一座公園旁邊，看見一座涼亭，我停下車，跑進涼亭躲雨。

結果不躲還好，一躲雨就更大，路上的人車漸漸變少，路燈也亮了起來，蚊子在我身邊來回飛，想趁我不注意的時候大快朵頤一番。

然後有個女孩子拿著傘走進涼亭，還牽著一條小黃狗。

她看了我一眼，然後笑了一笑，問了我一聲：「你被雨困住了？」

「是啊，早知道就不躲雨了，愈躲下得愈大。」

「如果我跟你說，這場雨可能要三個小時才會停，你怎麼辦？」

「妳姓中嗎？」

「什麼意思？」

「中央氣象台啊。妳說三個小時就三個小時，哪那麼準的？」

「那我們來賭一賭，三小時之後我再來找你，如果雨停了，我就親你一下，如果雨還繼續下著，你就要親我的狗一下。」

「妳親我一下？妳沒說錯？」

「我沒說錯，就是親你一下。」

「妳真要這麼賭？雨很可能停耶，妳很可能要親我一下耶。」

「不，最後的結果一定是你親我的狗一下。」

後來我看了看手錶，時間還早，反正也沒什麼事，賭就賭，只要不是賭錢就好，輸了頂多親條狗，除了衛生問題之外，沒什麼損失。

然後我等了三個小時，雨也停了。我心想，她真的會服輸嗎？

她依約走進涼亭，這一次她沒有牽狗。從她心有不甘的眼神，我知道她非常不服，但願賭服輸，我相信這是所有人都知道的事情。

然後，隔壁同學的鉛筆盒又掉了……

筆者云：白日夢做太多就是這樣。

20

晚飯的約定，讓我那天下午完全沒有心思上課，教授每講一段，我的腦子裡就浮現「六點半，公館玫瑰唱片門口」一次，我低頭看課本，每看一段，腦子裡也浮現「六點半，公館玫瑰唱片門口」一次。

上到第二堂的時候，我索性拿出一張小白紙，每浮現一次「六點半，公館玫瑰唱片門口」，我就畫一筆，以正字計算。結果我不畫則已，一畫驚人，甚至連一個眨眼、一個捏鼻、一個轉頭望向窗外的動作，都會讓我多寫幾個正字。

本以為應該寫不到幾個正字的，所以前幾個我寫得很大，後來發現紙張太小，最後還翻了面。旁邊的阿居看了看我，又看了看紙，問我在幹嘛，我回答不出來，只能望著紙上大大小小一百多個正字搖頭。

那天晚上，我很準時地從天橋走過公館，因為我餓到不行，餓到有點頭暈的地步，到玫瑰唱片時，看了看錶，離六點半還有五分鐘，這時我發現我的襪子一黑一藍，我趕緊到附近的襪店買了雙新襪，當著店小姐的面脫了鞋換襪子，還一邊「穿錯了！穿錯了！」地解釋著。

再回到玫瑰唱片時，她已經站在那裡了，穿著一件黑色的褲子，還有一件很搶眼的

B棟11樓

紅白相間的毛背心。

我走到她旁邊跟她打了聲招呼，問她想吃什麼，她搖頭沒說話，只是笑了笑，我不了解她的意思，又再問了一次，她還是沒說話，只是搖頭，然後笑一笑。我看了一看手錶上的日期，離上一個愚人節已經七個多月之遠了，下一個愚人節在五個月後，所以她應該不是在愚人，那她到底在幹嘛呢？

「你覺得我的笑容好看嗎？」她睜著她的大眼睛看著我，還一面微笑。

「妳吃飽了嗎？」我不解地皺著眉頭問。

「還沒，你幹嘛這麼問？」

「我以為妳吃了什麼壞東西，讓妳有點不太正常。」

「拜託，我是認真的！」

「好看好看。」

「你好敷衍。」

「是真的好看啊。」

「算了，我真不該寄望一條狗的嘴巴裡能吐出值錢的象牙。」她有些惱怒地轉過頭去，兀自說著。

因為周圍太吵，我不是很清楚她到底說了什麼。

「什麼？妳想吃狗肉卻忘了帶假牙？」

她回頭打了我兩下，「我是說狗嘴裡吐不出象牙！」她不知該笑還是不該地解釋著，我則被打得有點莫名其妙。

路上，我們經過一家燒烤店、兩家火鍋店、三家小餐館，還有十多個忘了賣什麼的路邊攤，我基於尊重女性有優先選擇權的理念，又基於不讓自己在等待選擇結果出來之前就餓死的觀念，我跟她達成了協議，前十分鐘由她選擇，若十分鐘過後她依然不知道要吃什麼，那麼就由我來決定，前提是她一定要用掉十分鐘。

我們從六點四十分開始，本來我還在打如意算盤，如果她真的用掉了十分鐘，那麼我就要選擇那一家便宜又大碗的雞肉飯，結果她在六點四十四分的時候告訴我，她突然想念起基隆廟口的營養三明治。

「我去找狗肉給妳吃。」

「不要，我又沒說要吃狗肉，我要吃營養三明治。」

「妳知道那有多遠嗎？」

「我知道，可是我想吃營養三明治。」

「我去幫妳買三明治，但不是營養的。」

「不是營養的我不要。」

跟她討價還價了一會兒，她堅持要基隆廟口的營養三明治。這消息對我來說簡直是晴天霹靂，因為從公館到基隆，騎車至少要一個半小時，搭火車也得花掉三十分鐘以上，所以說，不管是騎車還是坐車，我都有餓死的危險。

但我沒辦法跟現實搏鬥，更沒辦法跟一個女孩子搏鬥，所以我先到 7-11 買了個紅豆麵包，然後走進捷運站，要到台北車站搭車去基隆。因為捷運裡不能吃東西，所以我必須忍受食物當前卻無法嚼嚥的痛苦，我把麵包放進外套口袋，希望可以眼不見為淨。

幸好老天爺聽見我肚子的叫聲，祂還不希望我這麼年輕就被餓死，祂知道我以後會有所作為，所以祂讓我們在到了台北車站之後，馬上就有班車開往基隆。

被她的選擇這麼一折騰，我在基隆廟口吃了兩個營養三明治、一碗蟳肉油飯，還有魷魚羹。她到了廟口之後倒是安靜了起來，我問她除了三明治之外還要不要別的？

她只是搖搖頭，然後笑一笑。

因為沒有交通工具的關係，我們在基隆廟口附近一直繞啊繞的，一會兒走進賣鞋的店晃晃，一會兒又到何嘉仁書局看看，有個叫藤井樹的傢伙一口氣有三本書在暢銷書排行榜上，我在想，那一定又是個小頭銳面的日本人吧。

「這個藤井樹跟村上春樹是什麼關係？」我問她，但她搖搖頭，說了一句不知道。

「你願意陪我走到碼頭的另一邊嗎？」突然間，她問我。

「碼頭的另一邊？哪裡？哪個方向？多遠？」

「如果用走的，大概要四五十分鐘吧，但像我走路比較慢的，要一個小時。」她指著東北邊的方向。

我在她的眼睛裡好像看見了什麼，卻不了解那是什麼。感覺像是一個人在對我說話，我卻看不見也聽不到他，只感覺有人在對我說話。

我沒有多做猶豫，眼角瞄見行人倒數計時器只剩下十秒鐘，我拉起她的手就跑過馬路，然後一步一步地走向她所說的碼頭的另一邊。

海風一陣一陣地吹著，十一月天的基隆潮濕且陰冷，雖然沒有下雨，但鹹鹹黏黏的海風吹得我有些難受。她走在我的前面，從她的背影看來像是一個勇敢的女孩，她知道自己的目標在哪裡，她的腳步雖慢，卻踩得很堅定。

遠處的軍艦還有船艦一艘艘整齊地排在岸邊，空氣裡混雜著油臭味以及垃圾的燻味，遠遠的港面上飄著一渺渺白煙，我不知道那是什麼煙，但它的美麗卻吸引了我，港邊的燈火無數，白煙飄在其間，像把燈火變成在地上的星星，我想像著，如果我正在即將進港的海上，我會看見什麼樣的基隆呢？還是，那像星星的燈火，會讓我誤以為我正前往另一個銀河系嗎？

一陣喇叭與叫囂聲把我從冥想中拉回來，我回過神後第一個念頭就是：「她在哪裡？」

然後我在我前方兩公尺處看見她的紅白相間毛背心，頓時放心了下來。

基隆車站前永遠有一邊排班一邊賭牌的計程車司機。我記得我爸曾經這麼告訴我：「基隆是那麼地美麗，卻像地獄般讓人墮落。」他會這麼形容基隆，是因為他在基隆當兵的關係吧。

「快到了，就在前面。」她回頭這麼告訴我，我發現我們已經走到一個類似港區的地方，兩旁老舊的貨倉上，白色的探照燈歪七扭八地照在不一樣的地方，身旁偶爾會有幾輛車子呼嘯而過，好像大家都往同一個目的地而去。

「要去哪裡？」我開始好奇地問。

「一個泊口，船停靠的地方。」

「妳喜歡看船停下來？」

她沒有回答，只是搖搖頭。

終於，她所說的目的地到了，那兒圍了一大群人，抽菸的抽菸，聊天的聊天，雖然他們的動作都不一樣，但看得出來他們都在等待。

「等等會有船靠岸嗎？」

「嗯，就是你現在看見的那一艘。」

她回答的聲音讓我感覺到她不想說話，只想靜靜地等船進來。我看見一艘六七層樓高的船很緩慢地駛入泊口，上面的人都站在甲板或平廊上，這感覺像在演鐵達尼號，不一樣的是，這艘船正在靠岸，而鐵達尼卻永遠沒有進港的那一天。

我很專注地看船的停靠，那真是一艘大船。或許是很少有這麼近距離看船的機會，所以站在泊口邊，我覺得上面的人好渺小，相信上面的人也覺得我們很渺小吧。船很慢地掉了頭，然後慢慢慢慢地駛入泊口邊，我注意到兩旁有泊船限制，像停車位有規畫大小一樣，我想那開船的人一定是個很有經驗的老手吧，他很精準地把船靠了岸。

船上下來的人，有百分之九十以上都是軍人，他們身上還穿著各式軍服，提著大大小小的行李，在人群中尋找自己的家人朋友，甚至是女朋友。

「這艘船就是有名的台馬輪，這些軍人都是遠從馬祖回來的。」海風吹著她的頭髮。「這個碼頭有太多的故事，太多人在這裡說再見，也太多人在這裡掉眼淚，這片我們正踩著的土地上，有過太多的期待，也有過太多的分別，我曾經想過，如果這個泊口要取名字，是不是會叫作『離別』呢？」

「妳……」

「你想問我，為什麼會來這裡是嗎？」她打斷了我的話，卻幫我把話說完。

「是啊，雖然泊船很好看，但我好奇為什麼妳知道這裡？又為什麼會來？」

「因為我曾在這裡，用了我三年的青春，等待還有送走同一個人。」

「男朋友嗎？」

「嗯。」她的聲音裡透露出一些感傷，「所以現在，我在這裡等待我的心從馬祖回來，同時要把我的悲傷，送回馬祖去。」

我想告訴妳，碼頭的名字不能叫離別，那會換來很多人的心碎。

21

我以為她會落淚，但是她沒有；我以為她會繼續把她的故事說完，但是她沒有。

我們看著船上的人一個一個地下船，許多人不顧他人的眼光，在泊口邊就擁抱了起來，還有女孩久未見男友而哭出聲音的。

她只是冷靜地看著這艘船，然後低下頭。

「我們去那旁邊坐著吧。」她拉了一下我的外套，然後往我們身後的聯結車走去。

她走到聯結車旁邊，手扶著車後的貨櫃鋼架，很熟練地輕輕一蹬，踩了輪子就上去了。

我想這個泊口，一定飄著她很多很多的等待吧。

我們在泊口待了一陣子，因為船上的人都下來了，所以一旁的白色探照燈關上了幾盞，頓時我眼前一黑，瞳孔很明顯地不適應突來的黑暗。

我們就這樣坐在黑暗裡，她沒有說話，我也沒有。

我其實很想去感受一下她當時的心情，但我沒辦法，因為我不曾失戀過。不過我想，那感覺一定是很沉重的，沉重到她的頭一直是低低的，沒有抬起來過。

我想假裝我了解她的難過，但我不會演戲，而且我認為，與其去假裝跟她一起難過，不如帶她一起快樂。

於是我開始說笑話。

「我問妳兩個問題，全對有獎品。」

「什麼問題？」

「妳知道米的媽媽是誰嗎？」

「米的媽媽？」

「對，就是米，我們在吃的米。」

「這笑話已經冷過了耶，而且過期很久了。」她轉頭看著我說：「是花，因為『花』生『米』。」

「很好，但妳一定不知道米的爸爸是誰。」

「咦？米的爸爸？」她斜著眼看我。

「對，米的爸爸。」

她歪著頭皺著眉拚命地想，想到咬著指甲看著天空啃著門牙還在想，我考倒她雖然覺得開心，但看她想這麼久我好痛苦，於是我想告訴她答案。

「不要說！」她阻止了我，「我一定會想出來的。」

「妳不用這麼認真，這只是個怪題目，用來笑一笑的，而且它完全沒有邏輯可言，妳是不可能想得出來的。」

「不管，你別說就對了！我想不出來自然會問。」

「ＯＫ，ＯＫ，妳高興就好。」

我看了看手錶，已經十一點半了，我跳下貨櫃鋼架，回頭想扶她下來，沒想到她像練過輕功一樣，先是蹬到擺在一旁的停貨棧板，然後再一躍而下。

她拍了拍屁股上的灰，也拍了拍手上的灰，我看著她的眼睛，有一股說不出的心疼的感覺。

我知道是什麼感覺，但我沒辦法解釋。我可以知道的是，她絕對不是一開始就會這麼跳上跳下的，也一定不是一開始就知道一旁有停貨棧板的。這三年來，她一定花了很多時間在這裡做同一種動作。

就是等待。

我幾乎可以在那一刻定義出所謂愛情裡無怨的付出，但我無法接受付出之後的結果竟然是回到同一個地方等待自己的心回來，然後把自己的悲傷送走。

我好想問她，付出的時候是無怨的，那麼現在呢？當她告訴我「我在這裡等待我的心從馬祖回來，同時要把我的悲傷送回馬祖去」時，我真的好想問她，現在的等待與送別，也都是無怨的嗎？

「妳真的很……」

「什麼？」

我們走在往基隆車站的路上，一陣陣寒颼的海風吹來，我覺得好冷。

我想跟她說，「這段等待的時間裡，妳真的很寂寞」，但話到嘴邊，我還是放棄了。

「沒，沒什麼。」

「你要走去哪裡？」

「火車站啊，妳不用回台北嗎？」

「已經沒有車子了。」

「什麼？」我大喊了一聲。

「是啊，已經沒有車子了。」

「妳……妳早就知道了嗎？」

「是啊。」

聽完她的「是啊」，我心想完蛋了。

「為什麼妳不告訴我啊？」

「你很怕啊？」

「不是怕，只是不知道我們留在基隆幹嘛。」

「我們沒有要留在基隆啊，我們搭計程車回去，而且一定要回台北去。」

「計程車？」我面有難色，心有苦澀地說：「計程車很貴耶。」

「我們平分，到台北車站只要八百塊。」

「妳怎麼知道八百塊？」

「因為我是徐藝君，徐藝君不只是漂亮可愛而已，還有一張會討價還價的嘴巴。」

我不懂她在說什麼，只見她很輕鬆地踩著步伐往前進，我竟然也沒有懷疑地跟著她。

到了比較接近車站的碼頭邊，她好像很熟悉似地走進郵局裡，用提款機領了一些錢，然後又拿起手機不知道打給誰。

「等三分鐘，計程車快來了。」她掛電話的時候這麼跟我說。

「妳真是不可思議。」我有些吃驚地說著。

「怎麼說？」

「該不會這三年來，妳連計程車司機都認識了吧？」

「那當然，因為我是徐藝君，徐藝君不只是漂亮可愛而已。」

果然不到三分鐘，一輛計程車停在我們面前，她很快地上了車，我跟著坐上後座。時間正好十二點整，中廣電台永遠不會更改的報時音樂在我耳邊響起。

「你想真正了解什麼是ＺＨＲ嗎？」她轉頭問我，這時司機正在等待她說出目的地。

「呃……妳該不會……要去看流星吧？」又是一陣驚訝，我不可思議地說著。

「嘿嘿，你真聰明！」她瞇著眼高興地笑了起來。「阿茂伯，麻煩你，我們要到陽明山。」

她拿了一千五百元給司機，也就是這個阿茂伯，我順著她的稱呼往計程車行駛執照看去，司機的名字叫陳百茂，看來已經有五六十歲了。

「小君啊，好一陣子沒看到妳了耶，這個男生是誰？妳換男朋友啦？」阿茂伯很熟稔地跟她打招呼。

「不是啦，他不是我男朋友啦。」

「耶？啊妳男朋友咧？」

「喔，我們沒有在一起了啦。」

「啊，為什麼？不是好好的嗎？怎麼……」

後來他們聊了什麼，這麼久的時間之後，我也沒有印象了。

但我記得那天我心裡滿滿的都是不可思議，對於徐藝君這個女孩子，我有了另一個層面的看法，也有了更深入的了解。

我很仔細地把我之前遇見的她和現在的她做了比較，我有了這樣的感覺。

「之前的徐藝君像一道題目，現在的徐藝君則是一個答案。」

不管是在神奇宿舍遇見的徐藝君，還是在洗衣坊遇見的徐藝君，甚至是學校餐廳裡的徐藝君，都是一個讓人摸不清的女孩。

但公佈了答案的徐藝君，其實並沒有想像中那麼複雜或是捉摸不清。

「她只是寂寞、脆弱與感性。」我這麼給自己答案。

半夜的高速公路似乎特別好開，我們很快到了台北，然後又往陽明山的方向。

路上我沒搭上幾句話，大部分都是她和阿茂伯的對話。

車子一路曲折拐彎地上了陽明山，還遇上了塞車，她說這一定是要看流星的車群，我又是一陣訝異。

後來，我們到了一個完全沒有路燈的停車場。時間已經接近一點半，停車場停滿了車，而且到處都是人。

「這是最難得的一次。」拉著我的衣服，她一邊往停車場後方走，一邊對我說。

「什麼最難得的一次？」我不解地問著。

她沒有回答，拉著我走進一條小徑，又是一陣不可思議的感覺，我懷疑她到底來過這裡幾次。

大約走了十來分鐘，藉著一點月光，我可以看見我的右邊是一片山草原，斜斜地向右後方鋪落，草原上有一些人正躺著看天空。

「待會兒大概兩點五分左右，最難得的一次獅子座流星雨就要開始了。」

她選了一個地方坐下來，我站在她的旁邊。

「這次的流星雨是一八六六年母體彗星的遺留物，而且已經環繞太陽四次了喔。」

她的聲音表情是興奮的。

「妳為什麼對流星這麼了解？」

「我只是稍微研究了一下。」她的聲音漸漸趨緩。「因為我認識他那一天，是我這輩子第一次看流星雨，距離今天，正好是三年又過兩天。」

「唉……對不起，又讓妳想起他了。」

「沒關係，你別忘了，我們已經在基隆泊口把我的悲傷寄回馬祖去了喔。」

些微的月光照在她臉上，雖然看得不是很清楚，但她的大眼睛卻很清澈地閃著亮光。

「對了，想到米的爸爸是誰了沒？」

「沒有，我還沒想到。」

「要說答案了嗎？」

「好吧，你說吧。」

「答案是海。」

「海？為什麼是海？」

「因為『海』上『花』，『花』生『米』啊。」

大概過了兩秒鐘，她開始笑也不像笑，氣也不像氣地皺著眉，罵了我一聲無聊。

然後，一陣驚叫聲從離我們不遠處的人群中傳來，她極為興奮地指著天空，我抬頭，卻什麼也沒看到。

當我要說可惜的時候，一顆帶著藍色尾巴的流星從天的左邊跑到天的右邊，我連尖叫都來不及，一種興奮難以言喻。

接著，我感覺我的心跳隨著流星一顆一顆地出現而失去控制，我想試圖鎮定我的情緒，卻很難抑制心中的興奮。

然後，一個很深很深的擁抱從我的背後環住我，然後一顆一顆很燙很燙的眼淚漸漸地把我的衣服濕透。

「對不起……但是我需要哭……」她很用力地哭著，很用力地說著。

我想試圖鎮定我的情緒，一種莫名的感覺與心疼……難以言喻。

對不起，但是我需要哭。

22

那是徐藝君第一次抱我，卻不是最後一次。

雖然我是正人君子，但我還是必須誠實地承認，被擁抱的感覺是很好的，尤其對象是漂亮可愛的女孩。

那天回到B棟的時候，天已經亮了，我拿出鑰匙，打開門，手機突然響起，因為聲音大，我怕吵醒了阿居跟皓廷，我趕緊接起，是徐藝君打的。

「你到了嗎？」

「嗯，剛在開門妳就打來了，嚇了我一大跳。」

「對不起，我只是想確定你是不是安全……」

「噢，不用擔心，我很安全地到家了。」

「嗯……子學，我想跟你說……」

「說什麼？」

「有兩件事，第一件事，我想跟你說謝謝，陪了我一整個晚上，雖然這是我這輩子哭得最慘的生日，卻也是感覺最溫馨的。」

「喔，不用謝，我才要謝謝妳帶我去看流星呢！那第二件事呢？」

「第二件事，比較難以啟齒……我不好意思說……」

「不好意思？不用不好意思，有話直說。」

當我說完有話直說四個字時，一個想法很快速地閃過，心臟在那一秒鐘突然多跳了兩下。

雖然我不知道她想說什麼，但我有種奇怪的感覺。

「嗯……我……」

「呃……如果不好說就別說了，沒關係。」

「不是，我只是想說，雖然我們是從陽明山搭公車回家的，但從基隆到陽明山的計程車錢，你還是要還我。」

我傻愣了兩秒鐘。

她像是詭計得逞了一樣，哈哈大笑了幾聲，然後就掛了電話。

我有點反應不過來，站在原地傻了幾秒，不過還好她沒有說出什麼奇怪的話，下一秒鐘後我竟然覺得輕鬆。

我把這件事情說給阿居跟皓廷聽，他們的反應非常兩極，阿居說我快要戀愛了，我的動作就好像一個怕鬼的人在聽鬼故事一樣，摀著耳朵不聽，結果他在當天晚上用毛筆寫了一首詩，說可以送給徐藝君當作定情詩：

我是翩翩美少男，妳是翩翩美少女，
兩人都是翩翩美，墜入愛河兩歡喜。

「你確定這首詩，要我拿去送她？」

「是啊，你不想送嗎？沒關係，留著也好，你看，寫得多好，最耐看的羲之正楷，配上簡潔有力又白話易懂的內容，送禮自用兩相宜啊。」

「你說詩名是什麼？」

「詩名叫作〈翩翩〉，怎麼樣？很文學吧？」

說完，他陶醉在自己的文學夢裡，口中喊著翩翩，然後搖擺著肩膀，學著古人吟著這首〈翩翩〉。

他可能是心情好吧，但我覺得他真的生病了。

我還記得阿居曾經說過他非常後悔念了法律系，因為他嚮往的是中文系的氣質美女，但看了這首詩之後，我真是替他慶幸還好他不是中文系的。

皓廷跟阿居則完全相反，他說撇開我跟徐藝君兩個人的個性不說，基本上，那天晚上所發生的一切，都是正常，而在心裡產生的一切感覺，都是錯覺。

他說錯覺可以讓你很快地知道你真正喜歡的是什麼。

因為你開始了解，並且會做出一種動作，就是比較。

B棟11樓

你會以她為某一個程度的標準，然後開始制定出一個所謂喜歡的標準。例如「如果她再高個三公分就好了」、「如果她說話可以更溫柔一點就好了」、「如果她脾氣不要這麼怪就好了」等等。

我當然知道所謂的錯覺是什麼，因為我對徐藝君也有錯覺。

但在皓廷告訴我這是錯覺之前，我以為這是心動的感覺。

在學校餐廳裡，我在她的笑容當中，初次感覺到一種美麗的悸動，我第一次發現一個女孩的笑容可以這麼深，像一口井一樣，你知道那裡面是水，但你還是會去窺探一下。

這是第一個心動的感覺。

在基隆泊口邊，我在她俐落地跳下貨櫃鋼架的動作中，初次了解到，原來等待是愛情裡的一部分，雖然跳躍是她在等待中的其中一個動作，但其實這個動作告訴了我，她用跳躍來習慣等待當中的寂寞。

這是第二個心動的感覺。

在陽明山上，我在她深深的擁抱中，深深感覺到她累積了許多的難過與悲傷，終於在那一刻得到了解放，我猜想如果那時她還沒有哭，那麼她一定會忘了什麼是愛，或是扭曲了愛的定義吧！

這是第三個心動的感覺。

我知道愛情不是在玩集數遊戲，不可能集滿三個心動的感覺就送你戀愛一次。

但我必須誠實，那天晚上，基於以上三個心動的感覺，我一度以為那是一種喜歡，一種男女之間的喜歡。

皓廷不愧是有戀愛經驗的人，不管是愛人還是被愛他都經歷過，所以他的論點很快就說服了我。

只是，接下來所發生的事情，都不斷地提醒我。

「林子學啊林子學，愛情的幅員像一座冰山一樣巨大遼闊，白色的冰讓愛情看似透明，但其實你往腳踩的地方仔細一看，這是一塊看不透的冰，而你所站之地，只是冰山一角啊。」

你所站之地，永遠只是冰山的一角，

你或許可以了解冰山，但你永遠都不可能成為冰山。

23

這是我們學校的刑法試題。

「一天，甲開車撞到乙，乙因為患有血友病而血流不止，於是去找號稱神醫的丙尋求神祕藥方，但丙其實只是個密醫，他建議乙喝豬血補血，並讓傷口自然癒合。乙先是聽信了丙的建議，但豬血喝了，仍是血流不止，迫不得已去找正牌醫師丁，不料丁只是一個醫術差勁的庸醫，未能查出乙患有血友病，因此隨便在傷口上抹了藥水便令乙回家休息，次日乙不幸死亡，試問，甲的行為與乙的死亡有無因果關係？」（五十分）

題目看到最後，要你回答有無因果關係，所以這題目考的是因果關係理論。

而因果關係的判斷則分成兩個部分，一是「結果原因」，二是「結果歸責」。

「結果原因」在判斷行為人之行為對構成要件結果有沒有「原因力」，在責任刑法下，唯一可以被接受的理論是條件理論。

而重點是什麼？

重點是確立了「原因」不代表就會被「歸責」，雖然事出有「因」，但因出「多端」。

但這個問題只是問你有沒有因果關係，並不需要其他的答案，所以在作答上，應該是不甚困難的。

但如果你只是寫一個「有」或「沒有」，那你就是在找死。

這個問題沒有標準的解法，也沒有標準的看法，更沒有標準的做法，也就沒有標準的答案。

為什麼會沒有標準答案？因為這不是在問甲犯了什麼罪？丙與丁又犯了什麼罪？在錯綜複雜的題目關係中，你只能假設甲試圖為車禍負責，或是乙曾要求甲負責，而甲卻逃離現場。

不同的假設會得到不同的條件與原因，答案也就有好多個。

而第二題非常逗趣，題目是這樣的。

「因冬天天氣寒冷，甲要求房東在房間裡裝設了電暖爐，一天晚上，甲打開暖爐取暖，並緩緩睡去，不料電暖爐因老舊而電線走火，因為甲是個法律系學生，桌上床上地上的刑法共筆很多，火勢遇紙一發不可收拾。不多久，甲被濃煙嗆醒，本想立刻救火，卻想起房東平時做人失敗，便悄悄離開房間。不過，當離開房間後又想起房裡還有一些剛分手女友所留下的美好回憶物品，心中一陣不忍，便躲到一旁大喊失火，所幸鄰居幫

忙撲火，才沒有釀成大災。自始至終，甲只是在一旁又驚又恐地發抖而已，試問某甲的行為在刑法上該給予何種評價？」（五十分）

看完題目，我笑了好一下子，下意識在答案紙上寫了「鱉三」和「俗辣」，後來清醒了之後，才發現我的答案有可能讓我重修，而且刑法中沒有出現過「鱉三」和「俗辣」這樣的名詞。

我很想把我的解答寫出來，但我現在在說故事，不是考試，而且我想如果我再繼續寫下去，就有人要轉台了。

接下來的故事，是從考完這堂試開始，B棟11樓開始變得不一樣。

考完試後，已經接近傍晚，其實時間只是下午五點多，但台北已經暗了下來，遠處還打了幾個悶雷，氣象報告果然顯少有準確的時候，前一天晚上才說各地是晴到多雲的好天氣。

我從教室出來，手裡抱著共筆和書，腦袋裡還在想著甲是「鱉三」、「俗辣」，肚子卻傳來一陣叫聲，這咕嚕聲大得有點誇張，還好阿居和皓廷沒有跟我一起走，不然我很擔心他們會說，「哇靠，打雷了！」

我往餐廳的方向走，在經過文學院的時候，我聽見熟悉的音樂聲。

走近一看，只有一個人在隨著音樂舞動，雖然日光燈稍嫌昏暗，但還是看得出來那是王艾莉。

因為她跳得很專心，我沒想打擾她，只在一旁看她擺動著窈窕的身軀，音樂愈來愈快，她就跳得愈快，她紮起的馬尾不時左右飄擺著，現在是寒冷的十二月天，但她的臉上與額頭上盡是淋漓的汗水。

突然音樂停止，她的動作也停止，不過那姿勢是尷尬的。

她坐在地上，雙腳是張開的，雙手放在……呃……嗯……我想這形容是可以跳過去的，這不是重點，只是讀者少了一點福利。

她看見了我，站了起來，向我笑了笑。

我愣了一會兒，趕緊放下書和共筆，很用力地給她拍拍手以表示我的鼓勵與欣賞。

「Nice! Very nice!」

「Thanks.」她走到旁邊拿起毛巾擦汗。

「怎麼今天只有妳一個人在跳？」

「因為大部分的人都回家了，沒有人願意在即將下雨的天氣裡練舞，那是一種折磨。」

老天爺好像在贊同她的話一樣，她才剛說完，就打了一記小雷。

「既然沒有人願意，妳又何必折磨自己呢？」

「我只是想運動運動。對了，你怎麼在這裡？阿居皓廷呢？」

「阿居去打工，皓廷去打球。」

「那你呢？你要打什麼？」

「我？我不是已經在跟妳打屁了嗎？」

她咯咯地笑出聲，還搖搖頭，好像在說我像個孩子一樣。

「我只是開玩笑，我其實是要去餐廳吃飯，路過這裡，看見妳一個人在練舞，所以停下來想打聲招呼，但看妳練得非常認真，所以我沒有打擾，不過妳剛剛的結束動作非常精彩，可以再做一次嗎？」

做人必須先懂得為自己謀福利。

她聽完，歪著頭笑了一笑，「你不太正經。」然後把毛巾披在肩上。

「不，我只是好奇，為什麼要用這樣的姿勢結束舞蹈呢？」

她又是一笑，然後走到我面前，「因為這首舞曲歌詞最後一段的意思是：『這麼深夜的 Pub 啊，你留著是為什麼？你的眼睛是小偷，在我身上尋找尋找。就別再拖延了，夜愈深我愈寂寞，就別再矜持了，擁有我擁有我』。」

我聽完有點呆住，她又繼續跟著說：「既然要誘惑別人擁有我，是不是就要擺出撩人的姿勢呢？」

「原來如此，我了解了，不過，這是日本音樂嗎？」

「是的。」

「妳會日文啊？」
「不會。」
「那妳為什麼知道意思呢？」
「因為我有同學可以問。」
突然間，我發覺自己問了個白癡問題。
天開始下起雨來，雖然雨勢不是很大，但伴著寒冬的冷風，這真是煎熬。
「妳的折磨來了。」
「沒關係，我不怕這種折磨。」她轉頭蹲下，開始收拾自己的東西。
「妳要淋雨回家？」
「嗯，我不喜歡穿雨衣，我會在到家之前就悶死。」
「我要去第二餐廳吃飯，妳要不要一起去？吃完說不定雨就停了。」
「不用了，我還不餓，謝謝。」
「喔，好吧。」
我沒有再留她，她收好東西，回頭對我笑了一笑，說了聲再見，就往雨中跑去。
到了餐廳，我很快地夾了幾道菜，選了個靠近電視的位置就吃了起來。
過了沒多久，艾莉一身濕地站在我旁邊，我被她嚇了一跳。
「怎麼了？妳突然餓了嗎？」

B棟11樓

「不是，我的偉士牌發不動了，你可以載我回去嗎？」

我可以不只載一次嗎？

註：試題部分借自台大法律系刑法試題。感謝台大法律系91級同學提供。

24

「當然可以，不過，我才剛吃兩口飯……」

「我可以等你。」

「一起吃好嗎？」

「為什麼？」

「因為……被別人等著吃飽飯很奇怪，尤其是一個全身淋得濕答答的女孩子。」

她往後站了一步，額頭上的頭髮不斷地滴水。

「不用了，我不想吃，我在外面的走廊上等你好了。」

「喔，好，我盡量吃快點。」

「不用不用，」她笑著，「你慢慢吃，我不趕時間。」

說完，她轉頭就走，衣服上的水不停滴下來，經過的人不免都會多看她兩眼，然後再看我兩眼。我大概可以知道他們在看什麼，因為剛剛的畫面像極了一對吵架的情侶。

重點是這個男生還不理這個全身濕透且轉頭就走的女孩，自顧自的吃自己的飯。

這個誤會恐怕怎麼解釋也沒有人會相信，我趕緊低下頭又扒了幾口飯。

「哇靠，外面好冷，呼呼呼！」

「是啊，我的手都快沒感覺了。」

兩個男生端著餐盤經過我旁邊，發著抖地說著。

我想起她淋濕了一身，又站在外面等我，一定冷到不行。我也顧不得肚子還沒飽，收拾了一下，順便替她帶了個便當。

走出餐廳時，看見一旁的販賣機有熱的咖啡，我看了看口袋裡的零錢，只有五十塊的硬幣，這舊型的機器不認識五十元硬幣。這時正好有個男生投了二十元買了一瓶咖啡。

「我可不可以跟你買？」我遞出五十元硬幣給他，指著他手上的熱咖啡。

「跟我買？為什麼？」他一臉疑惑地看著我。

「因為我沒有零錢，也沒有時間再去換了，就當作這瓶咖啡五十塊吧，不用找我了，沒關係。」

他接過五十塊，還非常懷疑地看了一看硬幣，「你確定？」他問。

「那不是假硬幣，我只是趕時間，不想再去換錢。」

拿了熱咖啡，我趕緊跑到另一邊的走廊，看見她環抱著腿坐在階梯上。

「一定很冷吧。」我說。

她似乎嚇了一跳，回頭看著我，「還好，我還有一件防水風衣在背包裡。」

說完，她站了起來，揹起了背包。

「先把熱咖啡喝了吧！」我把咖啡遞給她，「現在是冬天，妳又淋得一身濕，就算妳身體很強壯好了，小小的感冒病毒就夠妳躺好幾天了。」

「噢！謝謝你！」她接過咖啡，笑了起來。

「快喝吧，」我笑了笑，「看妳全身濕成這樣，我都替妳覺得冷。」

「你要不要？分你一點。」

「不用了，我的衣服沒濕，我不冷。」

「其實我是個不太怕冷的人，但我很怕熱。」

「所以，妳常這樣淋雨回家，冬天的時候？」

「嗯，也不是常常，因為冬天比較少下雨嘛，我是因為厭惡穿雨衣的關係才會喜歡淋雨，而且淋雨的時候我心情會特別好唷。」

她俏皮地笑了一笑，我則是有點霧水之懵。

「為什麼淋雨心情會好？」

「不知道怎麼說耶，反正我喜歡淋雨就是了。」

這時，像是天空在為地上的人們拍照一樣，雷電閃了一閃，過了幾秒，雷聲大作。

「現在妳確定又要淋雨回家嗎？」我指了指天，我以為她會怕雷聲。

「不然呢？你還有別的方法嗎？」

「當然有，路上小黃那麼多，而且我們也可以搭捷運啊。」

B棟11樓

「我全身都濕了，計程車不會載的，而且捷運搭到站，離我們家還有二十分鐘的路程耶。」

「不然這樣好了，」我靈機一動，「我們猜拳，贏的人說話。」

我做出猜拳的手勢，她看了看我的拳頭，又看了看下著雨的天。

「好，猜拳，但輸的人說話。」

「輸的人說話？為什麼？」

「因為幾乎沒有人會想輸，所有猜拳的人都想贏啊，所以輸變得比較難。」

我思考了一下，沒多想什麼就答應了，反正輸贏各是百分之五十的機率，不是我輸就是她輸。

結果很不幸的，我贏了，而且我跟她拗了三把，三把都是我贏。

我也不知道她是不是很擅長猜拳輸人，不過從她很高興的表情看來，她真的很喜歡淋雨，真是個奇怪的女孩。

走到了停車場，我從置物箱裡拿出一件保暖的外套要給她，她說不要，她只要穿自己的風衣，我又拿出雨衣要給她，她還是不要，說會悶死。

「那這樣好了，雨衣我穿，妳要躲在裡面。」

「不要，那會悶死得更快。」

「無論如何，妳就是不穿雨衣就對了？」

「對。」

「好吧，那我陪妳好了。」

「不用啊，你把雨衣穿著啊。」

「不是，其實還好妳堅持不穿雨衣，」我把雨衣展開，讓她看看上面的衩已經開到了腋下，至少有一百二十公分，「這雨衣已經歷史悠久了，這衩從只有五公分到現在已經開到這樣了，讓妳穿這樣的雨衣很不好意思，但我也只有這一件雨衣。」

「那還真是謝謝你剛剛猛推薦這件雨衣給我喔。」她看著衩，苦笑著說，表情似乎在說這衩實在開得有點誇張。

「我不知道我有機會在雨天載女孩子，更不知道衩也是會長高的。」

她笑咧了嘴，用手摀著鼻口之間，這時我發現她的眼睛真的很大，連笑的時候都瞇不起來的感覺。

離開學校不到五分鐘，我已經淋得一身濕了，在冬天騎機車淋雨的感覺真的非常不同，除非你曾親身經歷，否則你不會了解所謂的不同到底在哪裡。

但是我得承認，我用不同兩個字，只是為了在女孩面前保留一點形象，畢竟在女孩子面前說髒話是非常不禮貌的。

一陣陣寒風刺穿濕透的衣服，你的手從指尖到臂上完全失去知覺，胸口像放了一塊冰一樣，每過一秒都會有即將凍傷的感覺，牛仔褲早就已經濕得徹底，就別說更裡面那一件了，根本像是把「很重要的地方」冰在冰箱裡一樣。

還好我戴著全罩式安全帽，所以我的頭腦還是清醒的。

「你在發抖。」她說，雙手搭在我的肩上。

「我……可不可以……拜託妳一件……事……」沒辦法克制發抖，我顫著嘴唇說。

「什麼事？」

「我們……下次……猜贏的說話……好不好……」

「對不起，如果你感冒發燒了，我再陪你去看醫生？」

「別……烏鴉了……好嗎……」

我們很安全地回到了B棟，我一直以為我會凍死在半路。

在電梯前，我顫抖著手，從背包裡拿出買給她的便當，「不管餓不餓，吃一點總是好的吧。」我說。

「你真的很細心耶。」她專注地看著我。

「這沒什麼，是朋友都想得到，快點回家洗澡吧，我快要冷死了。」

「嗯，謝謝你。」

然後，我們各自轉過身，她開她的B棟11樓之二號的門，我開我的B棟11樓之一號的門。

「子學。」在關門前，她叫住我。

「什麼事？」

「謝謝你載我回來，又買了晚餐給我，明天早上八點來按電鈴，我做早餐給你吃。」

「不用了吧。」

「我就知道你會說不用了，沒關係，我們猜拳，贏的說話。」

「贏的說話？妳確定？」

「確定。」

然後，我又連輸三把，我又拗了三把，還是輸，算了算，我連輸了六把。我真覺得她可以去參加猜拳比賽，如果有這樣的比賽的話。

隔天，一個天氣晴朗的星期六，八點不到，我家門鈴先響了。

門一開，原來是涓妮。

「艾莉發燒了，我背不動她，你可以帶她去看醫生嗎？」涓妮說。

我很想笑，但我忍住了。一個說喜歡淋雨而且說如果我感冒發燒要陪我去看醫生的人，現在正靠在我的背上讓我載著去看醫生。

我發誓，我再也不跟她猜拳了。

25

那天晚上，我正在ＢＢＳ上瀏覽咖啡板，突然有人丟來一個水球，因為我平時都把喇叭聲音開得很大的關係，所以接到水球時的一聲「咚！」，把我嚇了好大一跳，差點從椅子上摔到門邊去。

dancewithyou：還沒睡啊？

剛接到訊號的時候，我有些疑惑，因為這個ＩＤ很熟悉，卻不在我的好友名單裡，我不知道這是誰。

tzushitlin：還沒，還沒，正在看一些文章。

dancewithyou：你一定被我嚇一跳吧！

tzushitlin：是啊，差點摔成重傷。

dancewithyou：喂！你可千萬別真的摔傷了，我會內疚到死。

tzushitlin：不會啦，哥哥有練過落劍式，要倒下那一瞬間只要稍微施點力就會再站起來了。

dancewithyou：哈哈哈哈哈，還落劍式咧。

tzushitlin：是啊，我可是華山派嫡系，令狐沖的第十九代師弟，馬桶不沖。

dancewithyou：你夠了，而且你冷了……

我也覺得夠了，而且已經掰不下去了，明明是我不認識的人，我還跟他掰得很高興。不過網路上常發生這樣的事，明明不認識，卻可以掰很久。

這樣的事阿居常做，而且不但在網路上，連現實生活中也發生過好幾次。因為次數太多，而且過程撲朔迷離，所以我就不浪費時間細說了，要聽叫阿居說給你們聽。

dancewithyou：你知道我是誰嗎？

tzushitlin：我們終於進入重點了，不知閣下是哪一派的俠士（或俠女）？而且我們認識嗎？

dancewithyou：當然認識啊，不然我找你幹嘛？想知道我的名字是嗎？你得先過我三招才行。

tzushitlin：三招？哪三招？放馬過來吧。

dancewithyou：我也不知道，我武俠小說看得太少。

tzushitlin：……那你幹嘛還跟我演下去？

dancewithyou：喂！是你在演耶，我辛苦配合你，你竟敢怪我？看我的流星蝴蝶劍！

看到這句，我開始懷疑這個人是不是有什麼毛病。

tzushitlin：……你確定要繼續嗎？

dancewithyou：呃……嗯……算了，今兒個暫且饒了你！

tzushitlin：多謝大俠不殺之恩，敢問大俠貴姓大名？我們真的認識啊？

dancewithyou：等等，我先問你，為什麼你的ＩＤ裡有shit？

tzushitlin：這不是我的意思，這是我同學幫我註冊的。

我想起這個ＩＤ是阿居幫我註冊的，他問我要什麼樣的ＩＤ，我說隨便，可以用就好，結果他依我名字的發音直取。因為我當時正在忙其他的事情，也沒有特別注意，他註冊結束了之後，還把暱稱設定成「我帥到天花板去了」。

tzushitlin：這事說來話長，就不要說了吧。

dancewithyou：喔？好吧，那就算了。

B棟11樓

tzushitlin：你還沒告訴我你是誰呢！你確定我們認識？你確定沒有認錯人？
dancewithyou：我沒有認錯人，我們真的認識。
tzushitlin：好吧，那就當認識吧，你找我有什麼事？
dancewithyou：我要跟你說謝謝。
tzushitlin：為什麼？
dancewithyou：我去換另一個ＩＤ，你就可以知道我是誰了。

過了幾分鐘，他的……喔，不，是她的另一個ＩＤ丟我水球。

elisawong：知道我是誰了嗎？
tzushitlin：咦？房東阿嬤？妳怎麼……會突然找我聊天？
elisawong：拜託，我不是房東阿嬤啦！
tzushitlin：不然妳是誰？
elisawong：請看看我的ＩＤ怎麼唸好嗎？
tzushitlin：伊莉沙翁？
elisawong：唉……我是艾莉……
tzushitlin：艾莉？是妳喔？妳怎麼會用房東阿嬤的ＩＤ？

elisawong：拜託，請你稍微拿出法律系學生的邏輯頭腦好嗎？你的房東就是我的阿嬤，她都是用我這個ＩＤ上網的，所以我才會再申請了另一個ＩＤ。

tzushitlin：喔，原來如此，妳怎麼不早說啊？

elisawong：現在不是說了？

tzushitlin：現在叫作早嗎？

elisawong：那我明天早上八點再跟你說一次，夠早了吧。

tzushitlin：艾莉，妳冷了……

elisawong：呵呵，我幽默嗎？

tzushitlin：剛剛的流星蝴蝶劍比較幽默。

elisawong：那，我漂亮嗎？

tzushitlin：哈哈哈哈哈哈，妳好幽默。

她過了好久都沒有再丟水球過來，我心想她該不會是生氣了吧。

tzushitlin：喂，妳在嗎？

elisawong：在。

tzushitlin：那為什麼不說話？

elisawong：因為你刺激到我了，我要你說對不起。
tzushitlin：好好好，對不起。
elisawong：好，我原諒你。
tzushitlin：妳今天才看過醫生，為什麼不休息呢？
elisawong：我精神很好，燒也退了，醫生打的針真厲害。
tzushitlin：但這不表示痊癒了，妳該休息才對。
elisawong：好吧，那我要去睡了。
tzushitlin：好的，晚安。
elisawong：對了，子學，我欠你一客早餐，你什麼時候要來兌現？
tzushitlin：等妳感冒好的時候。
elisawong：子學晚安。

她下線沒多久，皓廷買了消夜回來，在客廳裡吆喝著，要我跟阿居一起出去吃。

我穿上外套，在床邊及桌邊找著拖鞋，這樣冷的天氣，如果不把拖鞋穿著，那地板的溫度會讓你覺得好像站在冰塊上。

當我拿起叉子，正要叉起第一塊雞肉時，我的手機響了，來電顯示是私人號碼。

我接起，電話那頭是徐藝君。

B棟11樓

二〇〇一年最寒冷那一天，台北只有十一度，淡水的凌晨只有八度。

中央氣象局說合歡山已經開始下雪，而且一個晚上的積雪就已經達到平均三十公分，最深的可能有五十公分。

為什麼我會記得這個？因為徐藝君常打電話來向我報告天氣。一開始我以為是因為她念大氣科學系的關係，但她說不是。

「因為氣候是地球的心情，我喜歡這樣的比喻，所以我開始很注意每天的天氣。」

這說法我還是第一次聽到，倒也覺得新鮮。

「但全球各地的氣候都不相同呀。」我提出一個有點像找碴的問題，在問的當下，我都覺得這問題是多餘。

「你很不浪漫。」她說：「不浪漫的人是無法體會出地球的心情的。」

聽完，我語塞，她也沒再補充什麼，我趕緊設法轉移話題。

「那……妳最喜歡地球的哪個心情呢？」

「我喜歡陽光普照的雪地。」

「陽光普照的雪地？這算是晴天還是陰天？」

「這算是雪地冰天。」

「呃……」

我愣著，她開始開心地笑，「跟你開玩笑的啦。」

「好一個玩笑……」

「你看過雪嗎？」

「有啊。」

「在哪裡看的？合歡山嗎？」

「是啊，合歡山看雪是最方便的，那裡是全台灣的公路最高點，開車就可以上去了，根本不用爬。」

「好羨慕，我好想看。」

「妳沒看過嗎？」

「我只看過電視裡的雪，只看過電視裡的打雪仗，所以下多大我都不會覺得冷，雪仗多激烈我都不會覺得好玩。」

「爸媽沒帶妳去過？」

「他們？」她的語氣中有些無奈與不屑，「賺錢重要。」

「那同學呢？朋友呢？」

「我說過了，我沒什麼朋友的。」

我回想了一下，她確實說過這句話，「那……沒參加過活動？例如救國團？」

「我想參加的是『救我團』，等有人救我了我就去救國團。」

她稍稍幽默了一下，我卻笑到不支倒地。

B棟11樓

一陣寒風吹進窗戶，吹起我一身雞皮疙瘩，我站起，把窗戶關小了些。

「好冷喔……」

「是啊，一陣風……」話沒說完，我覺得奇怪，「咦？」

「咦什麼？」

「妳也被風吹得冷了？」

「是一陣冷風沒錯啊，都吹到骨頭裡去了。」

「不會吧，妳在哪裡啊？」這巧合奇怪得讓我有些困惑。

「我在我住的地方啊，你口中的神奇學舍啊。」

「咦？剛剛也有一陣……」

「什麼？」

我本想解釋給她聽，告訴她我跟她同時被寒風吹了一陣，但話到嘴邊就覺得這只是巧合，想想算了。

「沒，沒事，我肚子餓，室友買了消夜回來。」

「好吧，那你去吃吧，晚安，改天再聊。」

「好。耶，對了，妳還是堅持不告訴我妳的電話號碼嗎？」

「你想要嗎？」

「為什麼不要？」

「我是問你想不想？」

「想啊，有不想的理由嗎？」

「你知道我為什麼現在還不想給你電話號碼嗎？」她的聲音變得清柔了。

「為什麼？」

「因為我會期待。」

「期待？」

「你不是要去吃消夜？快去啊。」

「我會去吃啊，但是妳還沒說完啊，期待什麼？」

「林子學，」她突然加重語氣，認真了起來，「你知道要了別人的電話，卻又不打給對方，是一件很不禮貌的事嗎？」

「呃！好像……似乎是……」

「那就對了，晚安，再見。」

說完，她就把電話掛了。

又一陣冷風吹進來，我索性把窗戶給關上。

如果連電話號碼都可以是一種期待，那麼……情人呢？

26

很快的，耶誕節來臨了，記得去年耶誕節，我在神奇學舍遇見藝君，那時她有點朦朧醉意。但今年的耶誕節她完全不同了，她很清醒地在早上八點打電話叫我起床。

我在起床盥洗時，手機又再度響起，我嘴巴裡還有一堆泡沫，索性咬著牙刷、嚼著泡泡接電話。

「喂。」是徐藝君。

「什麼事？」

「沒啊，我怕你又倒頭睡著，你在幹嘛？講話怎麼這樣？刷牙嗎？」

「對的，我在刷牙，我已經起床了。」

「那就好，我喜歡不會賴床的男孩子。」

「我可以先把牙刷完嗎？」

「什麼？你說什麼？」

「我可以……咳咳咳咳……」一個不小心，我吞了一口泡沫，嗆著了喉嚨，咳得亂七八糟。

「喂，你還好吧？」

「我先刷……咳咳咳，刷完再打給妳……」

「什麼？」

沒等她說完，我就把電話掛了，喉嚨因為被嗆噎著，非常不舒服，等到我盥洗完畢，我趕緊拿出冰箱裡的礦泉水猛喝。

但我一時忘了正值冬天，冰水很冷，一口水灌到嘴巴裡，幾乎每一顆牙齒都像被針刺到一樣，全部都軟掉了。

經過這些折磨，我有些不舒服，我拿起電話想撥給徐藝君，卻突然想起她還沒有告訴我電話號碼，這時皓廷起床了，帶著籃球就準備出門。

「耶？子學，你也起床啦？我要去打球，要不要一起去？」

「我也想，但已經有人找我了。」

「找你？打球？誰啊？」

「不是找我打球，我也不知道她找我幹嘛，一大早就打電話來，就是那個我跟你們提過的徐藝君。」

「喔？」皓廷一下子拉升了音高，「今天耶誕節耶，該不會……」

「別瞎猜，」我說：「沒的事。」

皓廷邪笑了幾聲就出門了，我問他為什麼阿居不去，他說我笨，耶誕節阿居會出現的地方，只有孤兒院及育幼院。

B棟11樓

我回到房間，盯著不大不小的衣櫥傷腦筋，因為我不知道要穿什麼，也不知道藝君到底要做什麼。這時門鈴響了，我開了門，是艾莉。

「子學，還好是你開的門，不然我還真不知道怎麼辦才好。」

「嗯？」我一頭霧水的，「怎麼了？」

「你還記得我欠你的早餐吧。」她說。

「我記得啊。」

她從背後拿出早餐，遞到我面前來，「因為我只做了你的早餐，如果是阿居或是皓廷開的門，我就不好意思了。」她不好意思地笑著，「而且我只做你的早餐，別人可能會誤會。」

說完，她看了我一眼，吐了吐舌頭，模樣甚是可愛。

「沒什麼好誤會的啦。」

「這是火腿蛋餅，還有一杯咖啡，我等等端給你。」

「蛋餅？妳做的？」

「是啊，我可不是買現成的喔。」

「咖啡？妳泡的？」

「對啊，還特地去買了咖啡豆，我猜測你喜歡喝稍微偏酸的咖啡，所以我買了藍山，你喜歡藍山嗎？」

B棟11樓

「為什麼會猜我喜歡偏酸的咖啡？」

「不知道，就是猜的，你趕快吃，開水滾了，我去泡咖啡。」她轉頭半跳著半跑著走回去，髮絲輕輕地飄著。

其實我並不懂咖啡，我也沒有特別研究過什麼咖啡豆是偏酸的，又什麼是偏苦的，對我來說咖啡都一樣，而且我曾經覺得統一咖啡廣場最好喝，後來被艾莉糾正，她說咖啡是一種精神糧食，而咖啡廣場只是一種飲料。

過了好久好久之後，我手上拿著咖啡廣場，問了艾莉，伯朗是不是咖啡呢？她說是飲料。那畢德麥雅呢？她也說是飲料。那三十六法郎呢？她的回答還是飲料。

「那什麼才叫作咖啡？」

「我會讓你知道的，有一天我一定會親自讓你知道的。」

她只是這麼說，我竟然開始等待那一天。

不一會兒她回來了，端了一杯香味四溢的咖啡，當她把咖啡放到桌上的同時，我看見她的右手，有好多紅點。

「妳的手怎麼了？」

「呃，沒有啦……」她乾笑著，「煎東西被噴油總是難免的嘛。」

「我去拿藥給妳擦？」

「不用了不用了，我已經擦過了，而且這只是一點小傷，不痛的。」

她假裝勇敢地拍一拍被噴到的地方，那明明是燙傷，她卻逞強說不痛。

我制止了她繼續拍打燙傷處的動作，然後拿起她泡的咖啡，啜了一小口。

「哇靠，好苦！」我叫著：「有沒有糖包跟奶精？」

「有，但是，你一定要加嗎？」

「嗯？不能加？」

「不是不能加，咖啡本身的味道就是這樣，加了糖或奶精就不是咖啡了，會變成一種帶著咖啡味及甜味的水，」她看了看我，又繼續說：「咖啡不要再加任何東西，應該就很好喝了。」

「是這樣啊。」

我雖然不能理解，也沒辦法在當下體會艾莉說的咖啡經，但是我不想讓她失望。

我放下咖啡，夾起一塊蛋餅塞進嘴巴裡，卻突然感到一陣苦味。艾莉問我怎麼了，我只是笑一笑，然後很開心地說好吃。

但其實艾莉的蛋餅已經焦了，厲害的是它焦的不是皮，而是裡面的蛋，我非常努力地一塊一塊吃進肚子裡，對於這樣的廚藝，我只能說神乎其技。

「神乎其技啊，艾莉，真是好吃啊。」

「真的嗎？我很怕不好吃耶，這是我從十幾塊蛋餅裡挑出最好的一塊了。」

「十幾塊？」

「對啊，其他的都做壞了，丟掉又很可惜，所以等等涓妮她們起床後，我看看能不能要她們吃完。」

「艾莉，朋友不是這麼相害的……」我輕聲地說，把頭別了過去。

「什麼？朋友怎麼樣？」

「噢，我是說……朋友嘛，給她們吃是應該的。」

「喔，是啊，她們都是好室友呢！」

說到室友，這時阿居起床了，他一頭亂髮地走到客廳，看見艾莉坐在那裡，馬上又縮了回去。

艾莉看見阿居不好意思地躲了進去，可能是心想打擾了我們，所以她收拾了裝蛋餅的盤子還有咖啡杯，就說要回去了。

「子學，謝謝你不嫌棄我的早餐，其實我知道那是不好吃的。」走出門口之後，她回頭說。

「不會啦，不會難吃。」

「我知道你一定會說不會，所以我要跟你說謝謝。」

「別這麼說，我很不好意思。」

艾莉笑了一笑，向我點了點頭，就轉頭回到對面。

待我要關上門的時候，她突然回頭問我：「對了，子學，今天是耶誕節，你有什麼節目嗎？」

「嗯，不知道，不過剛有朋友打電話來了，我想應該是有節目了吧。」

「那，晚上呢？」

「不太清楚，我不能確定，怎樣，妳有事嗎？」

「沒什麼事，我問問罷了。」

「這樣吧，如果我晚上有空，我再打電話給妳？」

「嗯！好啊！」她笑著說了再見，然後關上門。

同時我也聽見我的手機響起，沒有顯示號碼，是藝君打來的。

「你的嘴巴跟游泳池一樣大嗎？」她劈頭就問了這麼一個怪問題。

「怎麼說？」

「不然你怎麼刷個牙刷那麼久？」

「啊，對不起，我剛跟朋友說話，而且我沒有妳的電話，沒辦法跟妳聯絡，我以為妳會再打來……」

「外面很冷耶……」

「外面？妳在哪裡啊？」

「我眼前是斗大的翠風郡三個字，還有我以為你很快就會從裡面走出來的大門。」

「啊，妳在社區門口？妳在那裡幹嘛？」

「我買了早餐給你，要慶祝我們認識一周年。」

我用最快的速度跑到社區門口，她穿著一件紅色大衣、一件格子長裙，還圍了一條白色的圍巾。

「妳怎麼不跟我說妳在這裡？」

「是你掛我電話的。」

「妳可以再打啊。」

「是你說要刷牙的。」

「好好好，對不起，我不是故意要讓妳等的，而且我也不知道妳竟然找得到這裡。」

「說對不起還不夠，」她拉一拉圍巾，「陪我看場電影，我再考慮是不是要原諒你。」她把早餐塞到我手裡，一臉俏皮地說：「拿好久，手好痠。而且都已經冷掉了，一定不好吃了。」

雖然我已經吃了艾莉親手做的早餐，但為了不讓她覺得難過，我還是笑著問她：

「妳買了什麼好吃的？」

「火腿蛋餅，一杯咖啡牛奶。」她回答，我差點沒跌倒。

「火腿蛋餅？咖啡牛奶？」

「是啊，這家早餐店的火腿蛋餅好吃到不行，尤其是咖啡牛奶，更是超級讚的，它的咖啡很香，牛奶更是每天配送的新鮮牛乳，這兩種東西加起來，你一定會喜歡的。」

「真的嗎？」

「是啊，咖啡與牛奶的相遇，像是註定的緣分一樣，咖啡少了牛奶，就少了一道香味，牛奶少了咖啡，就只是無奇的牛奶。」

她笑得很高興，彷彿有自信地知道我一定會喜歡她的咖啡牛奶。

但我卻模糊了，在那一剎那間。

我努力地接受著火腿蛋餅的巧合，卻無法分離咖啡的衝突。

艾莉啊，妳說咖啡不加任何東西才叫作咖啡，才是最好喝的。

藝君啊，妳說咖啡與牛奶的相遇，是一種特別的火花。

妳們說的都有道理，我該傾向那一邊呢？

抑或是我誰都不該有所傾向，答案會自然而然地出現呢？

我很快地吃完了她的蛋餅，也喝完了她的咖啡牛奶，雖然東西都已經冰冷了，但我的心卻熱得發燙。我的肚子很脹，但我的腦袋卻很空。

我騎車載著藝君往電影院的方向前進，她很開心地跟我聊著。我卻在思考著，最後會出現什麼樣的答案？

或許，出現的不是答案，而是一道題目，或是……

27

我一直都記得那一天的耶誕節，因為那天之後，我不斷地在做是非題。題目時常「噹」一聲地從腦海裡跑出來，很直接地問你是或不是？

我們從電影院出來之後，藝君嚷著要吃麥當勞，我問她是不是原諒我了，她說吃完麥當勞再說。我問她想吃什麼，她說麥香魚餐，因為我吃了兩份火腿蛋餅的關係，肚子不餓，所以我只買了一份薯條。

我端著食物，她選了一個靠近麥當勞叔叔雕像的地方坐下來。但因為那個地方是冷氣口，她被吹冷了，慢慢地向我靠近，最後她的右手緊靠著我的左手，我聞到她身上特殊的香味。

「這是什麼味道？」我好奇地問她。

「薯條。」她以為我在問的是附近的味道，很認真地回答，那模樣好可愛。

「不，我是問妳身上的味道？」

她聽完，頓了一下，似乎有些驚訝地看了看我，然後笑開了嘴，開心地說：「你喜歡啊？」

「還不錯啊，好像是一種花香。」

B棟11樓

「這是月橘，是一種小灌木，因為它的香味很怡人，似乎在七里外都可以聞到，所以別名叫作七里香。」

「喔？」

「還有人覺得用七里太短了，所以也有人叫它十里香。」

「差三里有差嗎？」我調皮地故意裝傻問她。

「你是笨蛋嗎？重點不是差幾里好嗎？」她皺著眉，裝作生氣地說。

「妳不是念大氣的嗎？怎麼連植物也了解呢？」

「因為我剛好有種啊，它在夏天與秋天都會開花，冬天會結紅色的果實，我都會在秋天的時候搜集很多很多花，然後放在衣櫥裡，當作是一種香水啊。」

「好種嗎？」

「月橘一整年都很茂盛，超好種的。」

「對喔……我想妳也只能種超好種的植物……一定要超好種喔，如果只是好種的話，那植物就有危險了。」

她斜著眼睛瞪我，還拍了桌子兩下，做出抗議的表情與姿勢。

「你是不是覺得我很笨？」她問。

「不會啦，我是跟妳開玩笑的。」

「真的嗎？」

「真的，妳怎麼突然認真在意起來？」

她沒說話，低頭繼續吃她的麥香魚。我以為她又生氣了，想安撫一番，卻不知道從哪兒開始。

這時腦海裡「噹」的一聲，出現了一道題目。

「藝君生氣的時候，你是不是會有些不知所措？」

「啊……是啊，是啊。」

「你說什麼是啊是啊？」藝君碰了碰我的左手。

「啊？」我像是白日夢剛醒的阿呆一樣，「沒啊，我在發呆。」

「我吃不完耶，怎麼辦？」她指著麥香魚說。

「妳怎麼吃那麼少？」我看著那個只咬了兩口的麥香魚。

「因為我食量不大啊。」

「我以為妳也在減肥，全世界的女孩子都在減肥，連那種瘦到不行的也說要減肥，看不出哪裡肥的也要減肥，甚至那種瘦到臉凹脖子細平胸扁臀的也都要減肥，反正肥的地方永遠都看不見，反正只要妳是女的就一定要減肥，好像不減肥就會被判刑一樣，乾脆立法算了。」

我也不知道是怎麼回事，比手畫腳地隨口唸了一大堆，她看著我，聽得嘴巴開開，眨了眨她的大眼睛，過了一會兒竟然大笑了起來。

「有這麼開心嗎？」

「是啊，你好可愛。」

「可愛？這形容詞用在我身上會笑掉別人兩斤雞皮疙瘩。」

「可是，你在碎碎唸的時候真的好可愛。」

「這是誇獎嗎？」我問。

她用力地點點頭，然後伸手摸摸我的頭髮，「這對我來說，是最真心的誇獎了。」

她很認真地看著我，我被她看得有點不好意思。

「妳的麥香魚。」我成功地轉移話題，指著麥香魚說著。

「吃不完啊。」

「吃不完就別吃了。」

「可是，這樣很浪費啊，你只吃了薯條，肚子一定還有空間吧，你幫我吃。」

「幫妳吃？」

「是啊，丟掉太可惜了，你又只吃了薯條，等一會兒肚子一定會很餓，所以……」

「可是……可是……」我面有難色。

「可是什麼？」

「妳不覺得……哎呀……」

「你一定覺得這是一種……間接接吻，是嗎？」

「對對對，我就是這個意思。」

「如果我不介意的話，你會介意嗎？」

「這……我當然不介意，妳都不介意了，我怎麼會介意。」

其實我介意得要死，我感覺有些奇怪。

「麥香魚在等你。」她說

她微笑地看著我，把麥香魚擺到我面前。我這輩子第一次對麥香魚有恐懼，心裡不斷掙扎是不是該把它給吃下去。

「這可樂也給你喝，」她把可樂插上吸管，然後放到我面前，「我去洗手間，你慢慢吃。」說完，她站起身，往洗手間的方向走去。

我先在原地呆了幾秒鐘，看了看可樂，再看了看麥香魚，當下真不知道該怎麼辦才好。

這時腦海裡「噹」的一聲，又出現了一道題目。

「林子學，老實回答，這一刻你是不是感覺有那麼點甜蜜？」

「是啊……是啊……」

我拿起可樂，先喝了一口，然後開始把麥香魚一口一口地吃到肚子裡。

她去洗手間去得有點久，直到我已經吃完了東西，她才回到座位上。

「你是拿去丟了還是吃完了？」

「當然是吃完了。」

「我想也是，因為你的臉好紅，還在想間接接吻的事？」

「臉紅？有嗎？沒有吧。」

「我都說不介意了，你幹嘛還臉紅呢？」她開心地笑著，我則是愈來愈不知道該如何是好。

「吃完了，我們走吧。」她說。

我起身收拾了桌上的東西，拿到旁邊的垃圾桶去丟。她在我把餐盤上的東西倒進垃圾桶之前，很快地拿起那杯可樂，毫不猶豫就喝了起來。

「啊……」下意識地輕呼了一聲，我有些不好意思。

「啊什麼？」

「沒……沒有。」

「子學，」她拉住我，在下樓梯之前。「我說不介意，是真的不介意。」

我終於知道什麼叫作心跳漏了兩拍的感覺。

她咬著吸管，眨著眼睛看著我，微笑中我看見一種羞澀的大方，一種直接的勇敢。

藝君，我想……這就是妳吧。妳用妳的方式表現妳的喜怒哀樂，是那麼地直接，那麼地透明，那麼地令人印象深刻啊。

我看著藝君的眼睛，突然感覺到臉上一陣燙，藝君說我的臉更紅了，我連笑都覺得

B棟11樓

不好意思，這時經過麥當勞叔叔雕像旁，我靈機一動地停在他面前。

「麥先生你好，你的餐點很好吃，不管是薯條還是麥香魚都很好吃，而且新鮮可口，快速衛生。」

藝君在一旁看了，掩著嘴巴笑了起來。

「只是麥先生，在下我有一點小小的建議，是不是可以推出一種『女用套餐』？份量以及堡類大小都可以縮小一些，不然我們男孩子都很可憐，吃得滿臉通紅耶……」

藝君被我逗得笑了好久，連已經騎上機車離開麥當勞數百公尺了都還在笑。

她說她第一次看見有人在跟麥當勞叔叔講話，而且還一副很正經的模樣。

「不知道的人還以為你在跟他談生意呢！」她說完，又哈哈大笑起來。

這時腦海裡「噹」的一聲，又出現了一道題目。

「子學啊，子學，當藝君因為你而開心地笑的時候，你是不是有一種安心感？」

「是啊，是啊。」

「妳原諒我了嗎？」

「原諒什麼？」

「今天早上啊，我讓妳等了很久。」

「笨蛋……」她輕輕地敲了一下我的安全帽，「早在看到你的那一剎那，我就已經原諒你了……」

「什麼？妳說大聲一點，我聽不清楚。」雙手握著手把，我轉頭說著。
「笨蛋！騎你的車，看你的路，我還沒原諒你呢！」

妳的笑讓我安心，與妳相處讓我感到甜蜜，這是不是愛情？
如果是，那原不原諒，有什麼關係？

28

這天晚上，因為藝君玩得有些累了，而且她很明白地告訴我她的生理期剛到，有點體力不支。

我在一陣臉紅之後問她要不要吃點東西，她搖頭，我問她要不要送她回家，她點頭，我把她載回神奇學舍，然後自己吃了晚餐之後，就回到B棟11樓。

就在電梯門打開的那一剎那，有隻小狗衝進電梯裡，我嚇了好大一跳，艾莉隨後跑了進來，把狗兒一把抓起。

「咦？子學，你剛回來啊？」

「是啊……是啊……」我縮在電梯的角落，有點發抖地說。

「這是我今天買的，可愛嗎？我還在替牠想名字呢！牠很皮，很會亂跑，一點都不像女生。」

她這麼一說，我注意了一下狗兒的性徵，確實是隻母狗，「既然這麼皮又會亂跑，就叫牠皮跑吧。」

我說完走出電梯，艾莉做著發冷的手勢，「你冷了，子學……」

「這是什麼狗？」我問。

B棟11樓

「馬爾濟斯啊，可愛吧。」

「可愛是可愛，但我對狗只能敬而遠之。」

「為什麼？」

「這說來話長，改天再告訴妳。妳今天就出去買了隻狗，沒有其他的活動嗎？」

「沒有。」

「涓妮跟婉如呢？」我探頭往她家裡面瞧了一瞧。

「婉如跟男朋友出去了，涓妮在家裡，我們正在為這隻小狗的名字傷腦筋。」

「婉如跟男朋友出去了，那妳們兩個在幹嘛？」

「我們在取狗名字啊。」

「不，我是說，婉如交了男朋友，那妳跟涓妮在幹嘛？」

她微笑了一下，吐了吐舌頭，俏皮地說：「我們在等人追啊。」

我回到家裡，皓廷正在講電話，阿居則在房間裡聽音樂。

我拿了衣服想先去洗澡，阿居卻不知道是從哪兒跳出來的，「別去！」他擋在浴室門口，一臉正經地說著。

「為什麼別去？」

「此去將有苦痛折磨上身，勸閣下還是放棄了吧。」

「敢問前輩何出此言？莫非這浴室有危險？」

「豈只危險，若是一不小心，將會使閣下生不如死，後悔不已。」

「難不成是……」我當下有個很噁心的反應，「前輩方才在此浴室裡種植農作物，因肥料氣味太重，怕我中了毒氣？」

「哎呀！閣下心機重矣，在下實是為了其他原因才制止大俠使用，況且若是在下方才種植過農作物，肯定不會前來制止，以收臭死閣下之效。」

「說的也是，那麼敢問前輩，這浴室究竟如何？」

「熱水器壞了。」

「熱水器壞了？」我退後了幾步，「這……這……這真是……」

「你還要繼續演嗎？」阿居瞇著眼睛說著。

「我靠，我配合你耶。」

就這樣，我帶著衣服還有盥洗用具，去向艾莉她們借浴室。

艾莉開門之後，那隻馬爾濟斯又衝了出來，我趕緊擋住牠，不然牠又不知道要衝去哪裡了。

在洗澡之前，艾莉問我，如果晚上我沒事的話，是不是可以陪她去散散步？

「我本來找了涓妮，但是她不想出門，她說她怕冷。」

「妳想去哪兒散步呢？」

「都可以，只要有人願意陪我就好。」

「噹」的一聲，腦海中又出現了一道題目，這是屬於艾莉的第一道題目，卻扯到了藝君。

「如果藝君這時也打電話給你，要你去陪她散步，你是不是會答應？」

「是……吧，但我希望……她不會打來。」

「林子學，這是是非題，不需要多加註解。」

我感覺到自己的心在跟我對話，艾莉以為我不舒服，摸了摸我的額頭，「你沒事吧？」我回過神，看著她，笑了一笑。

洗完澡之後，我從浴室裡出來，那隻馬爾濟斯又趁我開門的時候衝進浴室，我被牠嚇了一跳，差點滑倒。

「牠應該是隻貓的。」我說。

「為什麼？」

「因為牠可能自以為是小叮噹，只要有門打開牠就亂衝，似乎把每道門都當作任意門。」

「耶？」她睜大了眼睛，「你沒說我還沒注意到。」

就這樣，這隻馬爾濟斯的名字就被定了下來，但如果你認為牠叫小叮噹的話，那你就錯了，牠的名字只有一個字，就是「貓」。

那天晚上，我跟她也沒去哪裡散步，我們只是在樓下的社區中庭晃著。

我們先是順時針走了十圈，然後又逆時針走了十圈。

「那，我們各走五十圈之後，再回去睡覺吧。」

「各五十圈？」

「是啊，你覺得太多嗎？」

「不會，我怕妳累。」

「我很喜歡散步，所以我不會累。」

「妳知道嗎？妳一直給我一種感覺……」

「什麼感覺？」她微笑地看著我。

「妳的堅強是假的。」

「我的堅強是假的？怎麼說？」

「妳不像是會騎偉士牌的女孩，但是妳騎偉士牌，感覺上像是因為不想被別人認為妳是文弱女子，所以妳在壯大聲勢。」

「有趣，你繼續說。」她笑開了嘴。

「妳不像是會去跳熱門舞蹈的女孩，但是妳跳了，感覺上像是因為不想被別人認為妳的型與動態的活動不搭，所以妳在自我考驗。」

「Go on.」

「妳不像是會在冬天淋雨的女孩，但是妳淋了，感覺上像是因為心裡有某種程度的壓抑或是創傷，所以妳在做一種發洩。」

這時我們已經順時針走了十圈，艾莉拉著我轉了個方向。

「我知道你下一個想說什麼。」

「什麼？」

「我不像是會做火腿蛋餅的女孩，但是我做了，感覺上像是因為不想被別人認為是一個不太賢慧的女孩，所以我在自我證明，我說的對嗎？」

「說對了大部分，但最後一句錯了。」

「不然呢？」

我拉住她的手，撩起袖子，指著她手上的燙傷。「妳是在當傻瓜，而不是自我證明。」

「呵呵，好像有道理。」

我抓著她的手，把她的袖子放下，我感覺到她手裡的溫度，那是一種令人說不出話來的溫暖。

我曾經試圖放下她的手，但我沒有，剎那間我突然想就這樣一直牽住她，一點都不願意再放開了。

她也沒有把手縮回去的意思，只是說了一句，「你好像很冷，你在發抖呢！」

「噹」的一聲，題目又跳了出來。

B棟11樓

這是屬於艾莉的第二個題目，卻一樣扯到了藝君。

「如果這是藝君的手，你是不是也會這樣不想放開呢？」

「我不知道，我不知道。」

我們依然在繞著圈子，那幾分鐘裡卻都沒有再說話，空氣中有一種不知名的氣息，我以為是尷尬。

我的心神有些凌亂，牽著艾莉的手也慢慢地放開。

從本來的四隻手指，慢慢地變成三隻、兩隻，最後只剩下小指是勾著的。

「想抓住你所有心思，卻只握住你的小指，這已是天給的恩賜。」

艾莉突然唱起歌來，她稍微用了點力氣勾住我的小指，在我們即將連小指都放開的時候。

「你會唱嗎？子學？」

「不太會，但我知道這是古巨基的歌。」

「這歌詞很好喔，三兩句話就說完了所有的心意了。」

「妳在暗示什麼嗎？」

「我……沒有……」

我感覺到心跳在急速地增快當中，而且全身每一條血管都好像要沸騰了一樣。

突然間她勾著我的小指放開了，我有一種不斷往下墜落的感覺。

「子學，我們繞了幾圈了？」

「不知道，我也忘了算了。」我還停留在手被放開的失落當中。

「沒關係，我們重來。」

她很認真地想走完這各五十圈的路，我看著她認真的表情，有一種忘了心會跳的感覺。

「怎麼會想找我散步呢？」

聽完我的問題，艾莉突然停下腳步。「對你來說是一種困擾嗎？」

「不不，不是，妳誤會了，我只是單純地好奇為什麼會想找我散步而已。」

「喔，原來如此，」她鬆了一口氣似地說著：「因為當兩個人用相同的速度在前進時，頻率會是接近的，所以在談話的內容中會不自覺地放鬆，有助於了解彼此，甚至也可能因為頻率非常接近的關係，可以知道對方心裡正在想什麼。」

又是「噹」的一聲，問題跳了出來。

這是艾莉的第三道題目，還是扯到了藝君。

「你老實說，你是不是比較想和艾莉散步，而不是藝君？」

「……沒有答案。」

「林子學，你在騙自己喔。」

「真的沒有答案。」

我晃了晃自己的頭，又拍了兩下，艾莉問我怎麼了?我說沒事，然後繼續聊下去。

「妳剛說的頻率，真有這麼神奇嗎？」

「我也不知道，因為我也沒有真正地跟誰的頻率接近過，但是兩個人散步，可以了解彼此的說法倒是真的。」

「不否認，是的。」

「妳想了解我嗎？」

「為什麼？」

「我……我也不知道……」

氣溫隨著夜愈深而愈來愈低，我們因為覺得冷而愈走愈近，直到她的右手碰到我的左臂時，似乎兩個人都有了一種默契：就這樣走完吧，不要再離我太遠，連一公分的距離都不要。

「艾莉……」

「嗯？」她輕聲地回應我。

「我們……現在……算是頻率相近嗎？」

「……第十圈了，我們該換方向了。」

她看著我，揚起嘴角笑了一笑。我們轉了一百八十度，繼續走著。

我以為這時候會有問題「噹」一聲跑出來，但是沒有。

B棟11樓

幾天之後，我約了艾莉她們一起吃火鍋，當時涓妮也在家，寒冷的天氣裡，她只穿著薄薄的長衫，我突然想起什麼似地問她。

「涓妮，有個問題想問妳。」

「你問啊。」

「妳怕冷嗎？」

「不會啊，我是怕熱不怕冷的人。」

聽完答案，我笑了，涓妮也知道我在笑什麼。

「你很聰明，艾莉被識破了。」

就這樣走完吧，不要再離我太遠，連一公分的距離都不要。

29

二〇〇二年終於來到，但天空延續著剛走的二〇〇一年的灰。

灰是冬天裡台北的特徵。

曾經有人問我為什麼要把灰沉當作是台北冬天的特徵？我回答他：「因為我是高雄人，冬天裡的高雄依然是陽光普照的。」

突然想起，我好久沒有回到我親愛的高雄了，前幾天聽媽媽說，家附近多開了幾家水果店，7-11也在我家旁邊出現，她說要買水果不必再到大賣場或是傳統市場，只要走個幾步路就可以買到水果。但她也感嘆地說，在我還沒有上大學之前，只要冬天來到，她就得買好多橘子，因為我吃橘子的速度很快，十分鐘就可以吃掉三顆；現在我不在家了，每當她經過這些新開的水果店，看見漂亮的橘子擺在那兒，她會感到一陣孤單。

「就算買了也只有我跟你爸爸兩個人吃，我們可沒有你那麼會吃橘子啊。」

媽媽在電話裡笑著說，但我知道她是在苦笑。

「媽，我在台北很好，妳不用擔心，再過一個月我就放寒假了，我會找時間回高雄待幾天的。」

掛了電話，我以為我會哭，但還好我看見皓廷帶著籃球從大門外走進來，為了怕丟

B棟11樓

臉，我很用力地擠出笑容。

「子學，我們走吧。」皓廷放下籃球，拿了機車鑰匙，比了比大門的方向。

「走？走去哪？」

「買火鍋料啊，你忘了對面的三位美女今晚要來吃火鍋嗎？」

喔！皓廷不說我還真的忘了，這幾天忙著準備期末考，念書念到有點頭暈。

我們去了家樂福，在千百種商品中挑盡最便宜的幾種，魚餃蝦餃燕餃蛋餃金針菇茼蒿高麗菜豬肉片大漢豆腐蛤蜊蚵仔草蝦……等，然後我們挑了沙茶醬生雞蛋還有醬油，這時阿居打電話來，他說他要吃鳥蛋。

當我們大包小包地回到B棟時，艾莉已經在廚房裡熬著高湯，婉如則在一旁炒著菜。在廚房裡的婉如看起來似乎很快樂，她一面哼著歌一面轉圈圈，面容輕鬆地翻動著鼎中物。

我跟皓廷都覺得恐怖，但恐怖的不是她的歌聲，而是我們不知道她在炒什麼。

「會不會有火災的危險？」我和皓廷互看了一眼。

「我先去準備好滅火器。」說完，皓廷走到門外，從樓梯間拿了滅火器進來。

婉如生物系的男朋友這時從客廳的椅子上起身，走了過來。

「你好，我叫高珏。」他很有禮貌地向我們自我介紹。

「喔，我是子學，他叫皓廷，你說你叫高什麼？」

「玨，一個王一個玉，」他伸出手在手心上寫給我們看，「這個字念玨，跟感覺的『覺』是一樣的。」

「喔，這個字真稀有。」

我跟皓廷跟他哈啦了幾句，便走到廚房看看有沒有傳出災情。

艾莉目不轉睛地盯著爐火，旁邊的流理枱上還放著一大包的豬大骨，以及一包好像快被倒完的味精。

我跟皓廷互看了一眼，心中有一種不好的預感。

「對我有點信心好嗎？這可是我家祖傳的祕方呢，叫作王府高湯！」艾莉回頭皺著眉頭說。

「王府高湯？」皓廷用質疑的聲音唸著，轉頭看了看我，我們眼神中交換了不可名狀的恐懼。

阿居神色自若地站在廚房門口，腳邊擺了一桶水，叉著腰看她們玩著瓦斯爐。

「你站在這裡幹嘛？」我跟皓廷同時問阿居。

「I am a fireman.」阿居語帶帥氣地回答。

「Fireman?」我看看他腳邊的那桶水，「真fire的時候這些水是不夠的。」

「如果熬高湯或是煎個九層塔蛋都能搞出火警來，那我也認了，算她們厲害好了。」

B棟11樓

九層塔蛋？婉如在煎九層塔蛋嗎？

是我正在想像的那種九層塔蛋嗎？為什麼以前媽媽在煎九層塔蛋的時候會傳出陣陣香味，而婉如在煎時卻一點香味都沒有呢？

「是抽油煙機，我開了抽油煙機。」婉如很正經地回答。

「可是，我們只是要請妳們吃火鍋，不需要麻煩妳煎蛋啊。」

「沒關係，白白讓你們請不好意思，讓我盡點微薄之力吧，我想讓你們知道我楊式九層塔蛋的特殊口感。」

楊式九層塔蛋？我突然興起了想上館子的念頭。

皓廷和阿居從我的眼神中看出我的想法，他們抓住我，搖搖頭說：「男子漢大丈夫，敢請敢當。」

突然間我好想死。

折騰了好一會兒，我們一顆心懸在高處，只要廚房裡還有動靜，我們就沒辦法放心。過了沒多久，涓妮來了，她說她帶來了一條魚，要大展身手一番，讓我們品嚐品嚐「蘇家糖醋魚」的滋味。

我真的崩潰了。

一下子是「王府高湯」，一下子又是「楊式九層塔蛋」，還有什麼「蘇家糖醋魚」，我的胃今晚受到強大的威脅。

過了近一個小時，她們終於端出各家名菜餚，在高玨捧女朋友場的吆喝聲中，我們開始了有生以來最痛苦的一次晚餐。

「這可是我們三個人家裡的祖傳名餚，你們要吃完喔。」

她們三個人很認真地推銷著自己的產品，還很熱心地為我們盛飯。

現在，讓我鼓起勇氣回想當天的恐怖晚餐，為你們一一介紹吧。

「王府高湯」果然是王府之人才有福消受，那滋味很明顯地告訴你膽固醇之高啊，可能會讓你一個月不再碰鹹食。

而「楊式九層塔蛋」呢，因為九層塔葉煎得太久，變得又薄又硬又脆，而蛋也在不太熟練的翻攪技術下煎焦了一大半，所以吃起來只有一種感覺。

「這餅乾挺不錯吃的。」這是阿居講的，不是我講的。

至於「蘇家糖醋魚」，因為找不到醋的關係，所以變成了「蘇家糖魚」，我不能說它不好吃，因為它的味道已經比前兩道祖傳名餚好多了，但唯一美中不足的是，涓妮因為找不到醋而心情沮喪，竟然忘了煎魚是需要翻面的……

很多事情，有過一次經驗就夠了，而女孩們，有過一次荼毒人的經驗就夠了。

30

我很慶幸這世界上有一種東西叫作達美樂，而且它的電話超好記，重點是它送東西的速度算很快，免去我們七個人的挨餓之苦。

因為王府高湯的關係，那火鍋可以說是全毀了，楊式九層塔蛋大概只剩下兩層，蘇家的糖魚也可能讓涓妮的媽媽不敢承認那是她的女兒。

達美樂頓時成了世上最美味的食物，真不敢相信我在聽見門鈴響的時候竟然有種感動，當皓廷把披薩和烤翅拿進來的時候，我們差點掉下眼淚。

第一次吃達美樂吃到幾近以淚洗面，這情況倒是不太常見。當時如果有相機把我們的照片拍起來，那日後看見照片的人可能會以為吃披薩是一種極刑。

我本以為女孩們應該會稍微撐一下，至少為她們煮出來的東西保留一點面子，沒想到除了艾莉之外，婉如和涓妮對披薩下手之快，讓人有一種她們根本就忘了剛剛搞出了些什麼名堂的錯覺。

一個星期之後，期末考結束，我跟阿居約好要一起回高雄，這一個月的寒假，阿居將成為我們家的一份子。

下午，我在電梯口碰到艾莉。

「子學，你要回家嗎？」

「是啊，我跟阿居說好了要一起回去，我好興奮，終於可以回到我美麗的高雄了。」

「喔……這個寒假，B棟11樓註定是孤單的。」

「怎麼了嗎？」

「婉如要回家，涓妮也要回家，只有我是台北人。」

「如果妳不嫌棄的話，妳可以來高雄玩啊。」

「不會打擾到你嗎？」

「不會，不會。」

「那……你可以帶我去西子灣的沙灘上散步嗎？」

「當然可以，不過，如果妳還是想走五十圈的話，可能會死在沙灘上喔。」

艾莉輕打了一下我的右手，笑得好燦爛。

我回到房間，把很久沒用的行李袋拿出來，開始整理要帶回高雄的衣服。後來時間愈來愈晚，卻一直不見阿居的影子，我拿出手機撥他的號碼，卻直接轉入語音信箱。

過了一會兒，我在桌上看見阿居留給我一張字條：

子學，我最親愛的朋友：

謝謝你一直以來對我的照顧，你熱情邀我到你家一起度過長達一個月的寒假，我更是感動在心，只可惜我跟你真的是不同世界的人，雖然我們幾乎一直在同一個範圍裡呼吸著。

自從我爸媽走了之後，伯父伯母對我的照顧比我自己的親戚要多上許多，就連學費都是伯父借給我的，我永遠都不會忘記他告訴我，「學費是小事，當是我用這些錢聘請你當我兒子的褓姆吧，你跟子學在台北生活，我沒辦法就近照顧，你要幫我照顧他」，讓我除了感謝之外，對你跟伯父的感情又更加深了一層的羨慕。伯父叫我不要告訴你這些，但我還是多嘴了，不過雖然我食言了，我卻有一種滿足感。

好了，肉麻的話我沒辦法說很多，不然你等等要搭車，可能會因為回想起這張紙條而吐得到處都是。

原諒我放你鴿子吧，子學。我兼了兩份工作，明天還要去教小朋友寫書法，回高雄度寒假這種太無聊的事情，我可能兩天就悶壞了吧。你想看見水泮居臭酸掉嗎？你一定不忍心的，對不對？

我雖然是沒有爸媽的孩子，但我很高興我的爸媽留給我健康的身體，他們在天上也一定希望我靠自己的力量站起來吧。

祝你一路順風，子學，回來的時候，如果方便的話，幫我帶點高雄的陽光吧。

最帥的阿G

看完紙條，我感覺眼角泛了點淚水。這幾年來阿居一點都沒變，還是那個勇敢堅強永遠不認輸的水泮居。當然啦，也一直是那一個不太像話的水泮居，從他說自己是最帥的阿G就可以得知了。

皓廷知道阿居一定會放我鴿子，所以他很悠閒地坐在客廳等我。

「水泮居回高雄過寒假？這比要政治人物不貪污還難。」皓廷笑著說。

「他辛苦了好幾年，我想讓他休息休息。」

「子學，你其實不必替阿居擔心太多，他其實早就已經訂出休息的計畫，而且一旦他付諸行動，你一定會嚇一大跳的。」

皓廷賣關子地說著，我的好奇心狠狠地被他勾了起來，當我追問他的時候，他只有說「有一天你會知道」。

皓廷載我到車站的路上，我接到藝君的電話。我突然發現我今天好忙，所有的主角都碰到了。

「你要去哪裡？」

「回家啊！」

「高雄嗎？」

「是啊。妳不用回家嗎？」

「我可以去嗎？」

「呃？為什麼？」

「反正遲早要去的。」

「什麼遲早要去的？」我有點抓不清楚她說話的頭緒。

「你買了車票了嗎？」

「買了啊。」

「幾點的？」

「晚上八點多的。」

她在電話那頭頓了一會兒，然後說：「你是不是不想讓我跟？」

「不是，我沒這個意思，我只是回家，而且跟我回家有點奇怪不是？」

她又悶了一會兒，在電話那頭嗯來嗯去，「……那好吧……」她說。

不知道為什麼，聽見她妥協的語氣，我竟然有種放鬆的感覺。

「你大概幾點會到高雄呢？」

「嗯……大概凌晨一點左右吧。」

「那我那時候再打給你好了，問問看你是不是平安到高雄了。」

「妳不覺得直接給我電話比較好？而且妳也不必為了等我到高雄而犧牲睡眠啊。」

「不……我不要……」

「為什麼？」

「如果那一天到了，我一定會給你我的電話的。」

「好吧，不勉強的。」我回答，儘管我有些不解。

「子學，我想吃高雄的黑輪。」

「黑輪？台北也有啊。」

「可是，黑輪不是高雄的名產嗎？」

「印象中不是這樣。」

「那高雄的名產是什麼？」

「高雄有三好，一是人好，二是人很好，三是人非常好。」

「子學，才幾天沒見，你變白爛了……」

「啊哈哈哈……妳真是不懂幽默的女孩。」我乾笑了幾聲。

「不理你了，晚上等我電話，拜拜。」她俏皮地笑著，然後掛了電話。

講完電話，剛好到車站，我跳下車，拿起我的行李。

「徐藝君？」皓廷問。

「是啊。」我回答。

「她好像很喜歡你。」皓廷笑著說，眼神與表情都帶著不可言喻的自信。

「你這表情是怎樣？」

「有信心的樣子啊。」

「你覺得她很喜歡我？」

「是啊，而且可能連她自己都還不知道。」

「皓廷，你愈說愈絕了。」我睨著眼看著他。

「相信我，子學，她喜歡你的程度，連她自己都不知道。」

「何以見得？汝不是魚，焉知魚樂？」

「吾曾為魚矣。」他笑著說，自信滿滿的。

面對他的自信，我心裡有點慌亂。我試著轉移話題，邀皓廷到高雄玩幾天，但他笑著搖搖頭。

他堅持要留在台北，說家裡經濟不是很好，他想多少賺點錢貼補自己的學費和生活費。

我拍了拍皓廷的肩膀，向他說了再見。

他戴上安全帽向我揮揮手，然後加足了油門離去。我走進車站，排隊等著領取網路預購的火車票，我抬頭，火車時刻表正啪啦啪啦地翻動著。

這時手機有訊息傳來，發訊人的名字是艾莉。

一路小心，別睡過頭了，等我去高雄喔，我在期待西子灣的沙灘。　艾莉

二〇〇二年一月四日　19: 57: 46

我笑了，心中一陣喜悅。

剛剛皓廷跟我說的那番自信的猜測，我竟然忘了……

當感情需要一個確定時，我是確定的那一方，還是被確定的？

31

到高雄之後，藝君變得奇怪，除了打電話的頻率增加了之外，說話也常常支支吾吾的，不知道重點在哪，我擔心她是不是生病了，她一下子說是，一下子說不是，然後一下子很誇張地大笑，一下子又含蓄地說不好意思常打電話給我。

「天蠍座都這樣嗎？」我問她。

「怎樣？」

「唉，算了，沒事，妳還好吧？」

「對了，我都忘了跟你說，今天天氣晴到多雲，氣溫大概十三到十七度，凌晨的氣溫最低，你要多加一些衣服，晚上睡覺的時候別踢被子了。」

「妳不適合當播報員。」

「啊？為什麼？」

「不知道，總覺得聽妳報告氣象有點怪。」

「你不喜歡嗎？」

「不會啊，只是有點怪。」

「子學，我在台北好無聊……」

「那妳為什麼不回家？」

「因為我家很遠，你什麼時候要回來？」

「開學前一個星期吧。」

「記得，我想吃黑輪。」

「高雄的名產不是黑輪，就算我把黑輪帶上去好了，也早就壞了吧。」

「那我去高雄吃？」

「啊？不會吧，為了黑輪跑到高雄？」

「哈哈哈哈哈……怎麼可能……」你看，她笑得有點誇張。

「我想也不可能。」

「你是笨蛋。」她收起笑聲，笨蛋兩字說得極為認真。

「幹嘛罵我？」

「是笨蛋就該罵，你是笨蛋，笨蛋，笨蛋。」

當我被罵得一頭霧水，不知道該怎麼應對時，她又笑了出來，然後說了一聲「傻瓜」，就把電話掛了。

接下來的幾天，藝君還是一樣每天打電話給我，比較誇張的時候一天打了三通，最少的也有一通，雖然常打，但時間其實都很短，我一直問她為什麼不給我電話，她總是笑著不說。

B棟11樓

一個天氣不是很好的早上，艾莉打電話告訴我她已經在高雄火車站，問我是不是有空去接她。

「當然有空。」我說，心中泛起一陣喜悅。

「那我該在哪裡等你呢？」

「如果妳相信我的話，妳就隨意挑個地方吧，我一定可以找到妳的。」

「子學，你是認真的嗎？」

「呃……當然是……」

「嗯？」

「當然是開玩笑的。」電話這頭我吐了吐舌頭呵呵笑著，其實心裡暗罵自己沒種。

「還好你不是認真的，」她笑著說，似乎吐了一口氣，「我可不想還沒有見到你，就已經被綁架了，對一個人生地不熟的台北人來說，高雄幾乎是另一個國家一樣陌生啊。」

「如果有人敢綁架妳，我一定拿命跟他拚了。」

「呵呵呵，」她清清脆脆的笑聲從電話那一頭傳來，我有種快要被融化的溫暖。

「在你要拿命跟他拚了之前，先來把我接走好嗎？」

我出門的時候，看了看天色，似乎沒有好轉的跡象。

我們約在火車站出口右手邊的第三座公共電話前面，怎麼會約在這麼奇怪的地點我也忘了。當我用最快的速度抵達車站的時候，她雙手交叉地背在背後，在原地踱步著。

我把機車暫時擺在一旁，然後慢慢走近她。

「小姐，」我輕聲喚著，「我有榮幸可以認識妳嗎？」

「為什麼想認識我呢？」她注視著我。

「我沒有想認識妳的理由，我只有想認識妳的衝動。」

「喔？那如果我說抱歉呢？」

「那我可能會不斷地難過，不斷地難過。」

「子學……」她的眼睛閃著晶亮的光芒。

「嗯？」

「一定有很多女孩喜歡你吧？」

「這妳就誤會了，二十一年來，我還不曾了解過喜歡別人的感覺，就更別說被別人喜歡的感覺了。」

「相信我，子學，」她伸手撥了一撥我的頭髮，「剛剛你所說的兩種感覺，你正在體會著。」

我像是被電擊一樣地說不出話來，她的笑容在我眼前忽明忽暗，我好像有些暈眩，但試圖定神的時候，眼前的一切還是清楚的。

我替艾莉把行李放到前踏板上，她的行李其實只有一個小小的背包，裡面並沒有裝多少東西。

我先穩住車子，她搭著我的肩膀，上了車。

一路上，艾莉像個幼稚園的小朋友一樣，對路上的一切都有著抵擋不住的好奇感，她不斷問我這裡是哪裡？這棟建築物是做什麼的？這個區叫作什麼區？為什麼高雄的路都這麼大？

我突然有種難以言喻的充實感，像是一顆寂寞了很久的心在瞬間被填滿。

艾莉的左手輕輕地放在我的腰際，我有一種想去牽住她的手的衝動，停紅綠燈的時候，艾莉的臉輕輕地靠在我的肩上，我有一種想轉頭去貼近的衝動。

有時候，經過我們身邊的騎士會回頭看看艾莉，我想是她的長髮引起別人的遐想吧。但面對這樣的情況我卻很高興，我猜想他們的心裡一定在說，「這女孩真漂亮，可惜已經名花有主了吧。」

艾莉，妳已經名花有主了嗎？如果是的話，那會是我嗎？

我傻傻地在心裡自言自語，當下我多希望她能給我一個答案啊。

就在這個時候，「噹」的一聲，許久不見的問題從腦海裡跳了出來。

「你喜歡艾莉嗎？你喜歡艾莉嗎？」

問題問得好急切，我開始慌張。

「我不知道，我不知道。」

「那我這麼問吧，你喜歡藝君嗎？你喜歡藝君嗎？」

「啊……」

有如大夢初醒一般，我幾乎忘了藝君的存在。心裡像是有千萬個結一樣，一下子全都綁了起來。

「你怎麼了，子學？」艾莉問我，她伸手拍了拍我的胸口。

「沒有，沒有，我不小心發了呆。」

我看了看天色，比我出門的時候更灰更暗了。

「好像會下雨呢！」我說。

「嗯，那怎麼辦呢？你要帶我去哪裡呢？」

「妳不是想去西子灣的沙灘嗎？」

「真的嗎？」她興奮地叫著：「那如果等會兒真的下雨的話，在沙灘上散步，一定很美很美吧。」

艾莉，妳知道嗎？妳說話有一種魔法，好像每一個字都是一個環扣一樣，我的心就這樣一再地被層層扣住，卻怎麼也捨不得放。

這是愛情的樣子嗎？

我開始猜想著，當皓廷遇見睿華的時候，是不是也有跟我一樣的感覺呢？當阿居遇見彧子的時候，是不是也一樣暈眩說不出話來呢？

B棟11樓

如果皓廷跟阿居都跟我一樣的話，那答案是不是也很明顯了呢？

「噹」的一聲，我以為是問題跳了出來，結果不是。

「從現在開始，是非題已經結束，你只剩下一則選擇題。」

我的心裡有個聲音這麼告訴我。

西子灣到了。

其實，我一直在選擇題裡，是非題只是……一種任性。

32

中山大學大門口的駐衛警察都會攔住沒有停車證的遊客，是因為有太多人想直接開車到裡面去，可見學校太大也是會讓人覺得麻煩的。

但今天不知道怎麼回事，我竟然糊里糊塗地就把車直接騎進校園了，校警竟然也糊里糊塗地沒有攔阻我。

「一定是妳的關係。」我回頭對著艾莉說。

「為什麼？」

「因為妳的美麗像陽光一般刺眼，那校警沒能睜開眼睛。」

「子學，並不是每個女孩都吃油腔滑調這一套的。」

「啊？」我嚇了一小跳，「妳不喜歡嗎？」

「不過，偶爾吃一次應該不會太油。」

說完，她笑得合不攏嘴、東倒西歪，我們的安全帽互碰了好幾下，發出聲響。

到了海水浴場，我發現我犯了一個很大的錯誤，就是忘了海水浴場的開放時間。西子灣海水浴場的開放時間是每年的三月一號到十二月三十一號，而現在是一月。

「那怎麼辦呢？」

「還有一個地方，不過要搭船。」

「搭船？你是說旗津嗎？」她的眼睛亮了起來。

「是啊，妳想去嗎？」

「會很遠嗎？」

「不會，但渡船頭的海水很臭就是了。」我擠著鼻子，作勢說著。

「沒關係，我可以拉你的衣服來當口罩。」

「那我怎麼辦？」

「你是高雄人，應該很習慣了，就自生自滅吧。」她咬著下唇，輕輕地笑著。

到了渡船頭，我買了兩張船票。她看見有人把摩托車也騎上了船，好奇地問我為什麼？我一時間不知道該怎麼回答，因為我不知道她想問的是為什麼車子可以騎上去？還是船為什麼不會因為太重而沉下去？

「就是可以騎上去，沒有為什麼。」我乾脆這麼回答。

她聽完這有回答跟沒回答差不多的答案，轉頭看了看我，竟然像是知道我在想什麼似的，不好意思地笑著。

我帶她走在旗津的街道上，已經過了午餐時間，為了盡地主之誼，不能讓客人餓著，我提議先吃飯。本來又說要猜拳決定吃什麼，但因為我已經輸怕了，所以我們決定吃牛肉麵，不再囉嗦。

她說她吃得不多，堅持只叫一碗，我說叫兩碗小的，她搖頭，後來我妥協，但向老闆多要了一個空碗。

「我的堅持好像給你帶來困擾了。」她說。

「不不不，沒有的事。」我趕緊否認，是不想讓她知道其實我是因為不好意思。

在吃麵的時候，她很認真地拿起一旁的報紙看著，我一直好奇她在看什麼，為何這麼認真，等到我湊近一看，原來她正在欣賞一篇副刊文章。

我不想打擾她，所以也就沒有說話。她看完之後雙眉之間多了些許惆悵，我問她怎麼了，她搖搖頭，我拿過副刊一讀，原來那是一首詩。

紅藕香殘，玉蕈秋，輕解羅裳，獨上蘭舟。
雲中誰寄錦書來，雁字回時，月滿西樓。

我不是中文系的，所以我不知道這是誰的詩。如果你問我民法第十一條是什麼，我會告訴你是「同死推定」。

又什麼是同死推定呢？就是二人以上同時遇難，不能證明其死亡之先後時，推定其為同時死亡。

又「同死推定」都用在哪些情形上呢？因為篇幅的關係，如果你有興趣，我們改天

B棟11樓

再討論。

「這是什麼詩？還是……我該稱它為詞？」

「這是宋詞，李清照的一剪梅，而且這只是上半段，它還有下半段，我認為一定要上下兩段同時呈現，才有那滿滿的相思愁。」

我看著艾莉說話的眼睛，以及那種認真的神情，不禁看得出了神。

「子學，你在發什麼呆？」

「啊！沒有！沒有……既然妳說要上下兩段同時呈現，那下半段是什麼？」

「花自飄零水自流，一種相思，兩處閑愁。此情無計可消除，才下眉頭，卻上心頭。」

「這闕詞是什麼意思呢？」

「這闕詞是李清照寫自己對丈夫的思念，在月滿西樓的時候，愈發感受自己對丈夫的相思之苦，因此藉著這首詞寄託情意，她用花比喻自己，用水比喻她的丈夫，你知道最精華的是哪一句嗎？」

「哪一句？」

「才下眉頭，卻上心頭。」

「為什麼呢？」

「這一句看似惆悵憂柔，但其實是強而有力的，它的意思是當思愁在眉間消失的時候，卻在心頭湧現，完全表達了相思之情無法排除的苦痛。」

她似乎可以感覺到李清照的心酸一樣，眉頭稍鎖，語氣中顯得有些落寞。

「妳渴了嗎？」

「嗯？什麼？」

「我帶妳去買杯熱咖啡，然後我們去沙灘走走吧。」

「嗯。」她終於笑顏逐開。

買完了咖啡，我們徒步走到沙灘上，一路上艾莉的話變少了，可能是受到那闋詞所影響吧。

但當她一踏上沙灘，整個人立刻變得不一樣。

她像個孩子一樣往海浪跑去，在一陣陣白色的波浪間來回奔跑著，我遠遠地看著她，心裡有種奇怪的感覺，如果我不認識她的話，我可能會以為她是個天使，在浪花之間舞動著曼妙的姿態。

過了一會兒，她吐著舌頭回到我旁邊，說海水好冷、腳好冰。

我笑她的可愛，在沙灘上挖了一個洞把她的腳埋進去，免得被風吹得痛了。

她看著我，左手托著下巴，我問她在看什麼，她只是笑一笑。

「子學，你喜歡古詩嗎？」她問。

「古詩？我不能說喜歡，因為我沒有研究。」

「我也沒有研究，但喜歡不需要經過研究。」她轉頭看了看我，揚起了嘴角笑著。

「是這樣啊？那……大概吧，或許吧，可能吧，我是喜歡古詩的吧。」

「為什麼這麼不確定？」

「因為我找到了另一個不能確定的理由了。」

「什麼理由？」

「面對古詩，我只會讀、會寫、會唸，但我感覺不到其中的起伏，我感應不到作者的心緒，我不知道為什麼有人看了古詩之後竟然是憤懣的，我不知道為什麼有人看了古詩之後竟然是哭泣的。」

「你的意思是說，你不明白詩的痛，也不明白詩的苦，所以不知道怎麼喜歡？」

海風吹來了一陣風沙，打在小腿上有些刺痛。

我點點頭，她笑了一笑，繼續說：「其實古詩表達的很簡單，只是其中的語意因為年代久遠的關係，我們需要去解釋它罷了。」

「怎麼說？」

「沒辦法言傳，這只能意會。你這麼聰明，一定可以意會的，相信我。」她很有信心地拍著我的肩膀。

「有時真羨慕你們中文系的人，念的書多，氣質又好。」

「你不能這麼說啊，每個人都有自己的專長嘛，如果你問我……嗯……民法第十一條是什麼，我是不可能知道的。」

她說完，我嚇了好大一跳，睜大眼睛看著她。

她似乎被我嚇著了，連聲問我怎麼了。我很想解釋給她聽，卻不知道從何解釋起，只好隨便拿個理由搪塞。

「民法第十一條我也忘了啦，呵呵呵……」嘴裡這麼說，心裡卻是一陣波濤洶湧。

然後，我們就這樣靜靜地坐在海灘上，沒有再說多少話。

艾莉偶爾抬頭看著遠方的海，偶爾低頭發呆，然後時而轉頭考我知不知道某某人的哪一首詩，又時而轉頭告訴我她最喜歡的詩人是辛棄疾，最喜歡的作品是〈青玉案〉。

還好青玉案我會。

「東風夜放花千樹，更吹落、星如雨。

寶馬雕車香滿路，鳳簫聲動，玉壺光轉，一夜魚龍舞。

蛾眉雪柳黃金縷，笑語盈盈暗香去。

眾裡尋他千百度，驀然回首，那人卻在，燈火闌珊處。」

唸完，我驕傲地站起身來，朝著大海大笑三聲，旁邊正好有女孩走過，笑我像個神經病，我趕緊蹲下，對著艾莉傻笑。

但她只是微笑地看著我。

這時天開始下起雨來，一顆一顆的雨珠打在我們的臉上，水花輕輕跳著，浪依然一陣一陣不規律地拍打著。

海上開始飄起一陣水霧，我想是下雨的關係吧，我們的眼前呈現一陣白色日幕。

她站起身，拉著我的衣角。

「我們說好的，要在雨中的沙灘上散步。」

我想叫她離開，但她的表情告訴我，這一場雨，她似乎很期待很期待。

艾莉，這是我第二次陪妳淋雨了，我想問妳，現在淋雨的感覺，與上一次有什麼不同呢？如果可以，我能不能再勾起妳的小指，走在妳期待的雨中陪妳散步呢？

就在那一秒鐘，我好想問她，「妳說散步會讓兩個人頻率接近，甚至知道對方心裡正在想什麼，如果這是真的的話，那麼……妳聽見了嗎？艾莉……」

「我……我喜……」不知怎麼著，我竟然有些無法控制地說出口。

「嗯？你說什麼？」

「喔……沒有，我是說，我喜歡在海邊散步。」我勉強擠出一句話，以及一個笑臉。

「嗯……」她看著我，微笑著。

雨沒有停，我們的腳步一樣。所以頻率……或許也相同……吧……

頻率相同的話，表示我們想的是一樣的嗎？如果是，為什麼我感覺不到呢？

33

大三的下學期來到，所有的同學都變了樣。現在想想，當時變了樣的好像還包括了阿居、皓廷還有我。

一開學的氣氛就有明顯的不同，去年還看得見的同學，今年好像不見了，但你也沒聽說他被開除或退學或轉系的，一問之下才知道去補習班了。

接著補習班像瘟疫一樣快速地在法律系三年級生的身上擴散，中了毒的人會很快地在學校消失，活像人間蒸發，直到某天突然遇見，他很熱切地跟你打招呼並且噓寒問暖，你還會覺得怪怪的。

一些學弟妹偶爾想到班上找學長姊，一下子小明小明的喊，一下子阿美阿美的叫，不過，當他們找了幾次沒找到之後，也大概都知道學長姊得了一種叫作補習班的病。

這病運氣好的話兩三年之內就可以痊癒了，運氣不好的話……可能窮其一生都在生病。

「為什麼呢？」一定有人會問，我慢慢地說給你們聽吧。

有些人得病較早，有些人較晚，也有些人永遠都不會得到。但不管是不是會得這種病，時間大都出現在大三，早一些的就是大三上，晚一些的就是大三下。

我們班算是災情傳得比較慢的，直到大三下學期，來上課的同學才明顯地變少，教授上課的內容變得愈來愈像「師父」。

怎麼說呢？因為師父大都會教徒弟一些絕招來以防萬一，而這些絕招就算不是百戰無敵，至少也能做到防守無漏洞。而法律系學生最直接且主要的出路就是國家考試，教授也知道學生除了參加考試沒有他途（除非放棄法律之路），所以上課的內容開始教導一些解題「祕訣」，「實例演習」也愈來愈多，因為如果不教你「實例演習」，許多解題「祕訣」你就沒辦法清楚明白地了解。

這些其實多半已經是公開的祕密，但也有些鮮為人知的事情著實會讓學生嚇一大跳。

舉個例子吧，法律系的學生大概都知道國際商務的重要性不亞於公司法或票據法，但就因為國家考試不列其為考項，所以幾乎沒有人要選國際商務課，有開國際商務課的教授只要上課時間一到，大部分都會拿著飼料去上課。

「為什麼要拿飼料？」還有人傻傻地問。

「因為門可羅雀，沒課上就養鳥囉。」

相對的，一些國家考試指定科目就鐵定門門爆滿，不只是我們自己學校的學生，就連其他學校的學生都會來搶著聽課。這時教授教得好不好已經不是重點了，重點在課堂上能不能聽到一些「資訊」。

其實很久以前就聽過學長戲稱我們系是「補習班」，沒想到走到大三，我們還是遇到了相同的狀況。

很多同學開始不到學校上課，因為我們學校的「共筆文化」實在太盛行了，只要你有共筆，不來上課也沒有關係。

系上的同學開始一窩蜂地往補習班鑽，補習班開始用所謂的「資訊」招攬考生來補習，當你不太能理解所謂的「資訊」是什麼的時候，大部分的人會告訴你，所謂的「資訊」，就是「可能會考的題目」，但其實「資訊」時常就是必考題，只是大家習慣說得「婉轉」一些。

一些教授常會在國考之前，重編自己的書籍之後再重新出版，美其名是「重編」，實際上只是增加內容。可是，考試前到底有什麼內容值得增加的呢？相信聰明人應該都曉得了。

所以我們回到最原點，為什麼有些人得了補習班的病，兩三年之內就會好呢？很簡單啊，因為他們是不得了的人物，兩三年之內就通過國家考試了啊。相對的，有些人考了十年還在努力奮鬥，「國考通過」四個字像是與他絕緣一樣，怎麼考就是怎麼不過。

國考的錄取率是永遠的低點，百分之五、百分之六這樣的數字已經算是可以拍拍手放煙火的了。所以法律系的同學會或是聚會也常常創新低，因為某種情結的關係，總會有人覺得沒考過國考就沒臉參加同學會一樣。

B棟11樓

「如果我應屆沒考過，同學會我一定會帶拉炮去。」阿居這麼說。

「你幹嘛啊？」我跟皓廷異口同聲地說。

「恭喜我沒考過啊，也恭喜同學們國考錄取名額多了一個。」

「你有病啊？」

這時阿居只是哇啦啦地不知道在唱什麼歌，然後繼續念書。

我跟皓廷其實也都習慣了他不太正常的一面，所以也就沒理他，二〇〇二年的上半年，也就是我們大三的下學期，我們都得病了。

因為某甲同學吸引了某乙和某丙同學一同去補習班補習，使得某丁某戊和某己也被影響而加入補習行列，一個班頓時少了六個人，好像多出了五分之一的空間，卻少了五分之一的人氣，所以又有六個人在開學後一個月左右消失了。

「人間蒸發」變成一種法律系學生的全民活動，大家一起來參與，於是又有近十個同學為了活動的宗旨與目的，沒多久也成功地人間蒸發了。

一直到這時候，我、皓廷還有阿居一直都還是頑固的。

二〇〇二年的八月，一個熱到不行，熱到想全身脫光的下午，我接到一通電話，頓時傻在那兒，沒辦法說一句話。

「老師，我是小蒯。」

「啊啊啊……」

「好久不見，有個消息想跟你說，我考上成功高中了，我想跟你說聲謝謝，我可以請你吃頓飯嗎？」

我的嘴巴開開，一陣感動與驕傲湧上來，然後淚水也跟著湧上來。

那天晚上，我跟阿居、皓廷，還有好久不見的亞勳，一起到小蒯的新家吃飯，這一年多的時間他長得好高，就快跟我一般高了。

「跟你一般高不是『咖』，要跟皓廷哥哥一樣高才是『咖』。」小蒯搖著右手食指，然後拍著皓廷的肩膀說。

「『咖』？這是什麼新語言？」

「就是……就是……哎呀！我不會解釋！」小蒯懊惱著，我們都是一頭霧水。

剎那間，我感覺自己好像有那麼點老了，也有那麼點失去了青春本色了。小蒯才小我六歲，我竟然發現這進步的年代，連時間都很自然地被拉遠。

如果我真的有些老了，那我離什麼近了點呢？是一年後我即將面對的社會嗎？還是幾年前我急欲成為的大人呢？

因此皓廷說我變得浪漫而且多愁，阿居則認為我像個愛國詩人一般地憂國憂民，雖然我知道他們都在說笑，但小蒯的成長與我的蛻變，因為在那一剎那間被自己察覺到，才發現原來時間與生命的腳步不曾慢過，只是自己沒有去感覺它的移動罷了。

因為如此，我決定參加補習的行列，理由是「再不想也得做，因為若你無法改變這個世界的秩序與規則，只能遵守」。

「別人怎麼長大我不知道，也不去理會，但法律人若是該如此長大，就不該因己意而抵抗。」我說。

皓廷很快地被我說服，而阿居則是早就有此打算，所以決定加入。

「沒辦法啦，因為我是水泮居，我只能這樣走出自己能出人頭地的一條路。」

他說得很輕鬆，表情還帶著笑容，但我從語氣中聽見他內心裡的無奈。

我們就這樣跟著人間蒸發了。

在我蒸發的過程中，艾莉時常會來按門鈴，然後帶來三杯手泡的牛奶，或是三杯偶爾太甜，偶爾無味的阿華田，比較值得一提的是，她每次拿來的三個杯子當中，只有一個是藍色的，而這個藍色的杯子也一定都是我用的。阿居跟皓廷說那肯定是她特地為我買的，我聽了雖然高興，卻沒敢問她。

偶爾，對面的三個女孩會到我們家來一起念書，但因為我們六個人分別在四個系裡，所以就算想稍微討論討論，也只能聊聊天氣還有學校餐廳的飲食。

有時候，艾莉會待到很晚才離開，此時涓妮和婉如多半都已經回去了，而每天都早起去打球的皓廷也多半都睡了。

我們會在陽台看星星，聊一聊自己以前小時候的事情。原來艾莉是雙魚座的，我到現在才知道。

藝君呢？其實她的生活也沒有什麼多大的變化，還是時常打電話來告訴我天氣預報，第幾號颱風已經形成，並且將會在什麼時候登陸。不過通常她的氣象報告就像中央氣象台一樣，不是非常準確。

我們三個人開始補習後大概兩個月吧，我們在社區中庭看見婉如一個人傷心地蹲在地上哭泣，我們趨前問她怎麼回事，她說被老鼠嚇哭了，我們三個在原地笑到哭了。後來我們才知道她不是被老鼠嚇一跳，而是被失戀的痛苦嚇一跳。

高玨因為認識了一個外交系的女孩子而被外交了，留下婉如一個人面對失戀的痛苦。一天，我在學校的網球場裡看見高玨和那個女孩，怎麼看怎麼覺得高玨真是個混蛋，而且是個眼光愈來愈差勁的混蛋。

大三的日子，我幾乎是在背六法全書以及相關考試書籍裡度過，直到我們安全地確定升大四了也是，我說過，得病的過程是痛苦的，阿居跟皓廷的生活跟我沒有差別，他們的痛苦跟我是相等的。

當我開始習慣了艾莉時常的照顧與陪伴之後，平時只是報報氣象說說笑的藝君，在一個颱風來臨的夜晚，濕淋淋地站在社區門口等我

我心裡的那個聲音所告訴我的選擇題，終於出現了。

人終其一生所有的動作綜合一看，說穿了其實只有四個字，「選擇」與「接受」。

34

一整天都是大雨狂風的天氣，每天都要到籃球場去撒野一番的皓廷，無聊到在家裡左手拿著民事訴訟法，右手拿著球拍打著。

阿居則窩在我的音響前面，一面聽著悠揚的綠鋼琴，一面猛啃行政法與強制執行法。

那我在做什麼呢？

我在講電話，藝君打來的電話，今天的她特別奇怪。

「今天全台灣都籠罩在颱風的暴風圈內，所以全省都是百分之百下雨的天氣，氣溫有些降低，大概在二十八至三十度左右。」

「嗯，我知道了，然後呢？」

「沒有然後了。」

「沒有然後了的然後呢？」

「還是沒有然後了。」

「妳錢多嗎？」我有些不耐煩地問。

「不會啊。」她很平順地回答。

「不會？沒事猛講手機的人不是錢多是什麼？」
「你不喜歡跟我說話了嗎？」
「喔，不是啦，只是……哎呀！」
「你不想說話可以掛電話沒關係的。」
「我沒有不想說話，只是妳這樣我有點為難……」
「拜。」她先掛了電話，我有點錯愕。
兩個小時之後，我的手機又響了，還是顯示私人號碼，這一定是藝君。
「妳一定有事情想說吧。」一接起電話，我連喂都沒說就問。
「沒……沒有……」
「但是妳今天怪得特別離譜，是不是發生了什麼事？」
「今天全台灣都籠罩在颱風的暴風圈內，所以全省都是百分之百下雨的天氣，氣溫有些降低……」
「這妳剛剛說過了。」我打斷她的話。
「喔……」她的語氣中充滿了無辜。
「藝君，妳有什麼話就直接說，妳這樣我覺得很奇怪，而且我也很擔心。」
「擔心？你會擔心我？」
「妳這麼質疑就不對了，我當然會擔心妳。」

「聽你這麼說，我好高興。」

「妳……」

「子學，我可以去找你嗎？」

「找我？颱風天啊，很危險的。」我急忙說著。

「我不怕颱風啊。」

「可是我怕妳出事啊，我可賠不起啊。」

「……嘻。」

我聽見電話那一頭的她輕輕地笑了幾聲，但是那聲音又不像真的在笑。

「妳是不是生病了？」

「嗯？」

「我是說，如果妳生病了，我可以帶妳去看醫生。」

「我可以說是生病了，也可以說沒生病。」

聽完，有一股無名火冒了上來，我不知道自己為什麼生氣，我只是覺得她好像在玩，只是在玩什麼我不知道而已。

「藝君，如果妳生病了，就打電話告訴我，但如果妳在玩，我可能沒時間陪妳。」

我還是忍住脾氣，心平氣和地把話說完，然後掛上電話。

這之後好幾個小時，她都沒有再打電話來，阿居皓廷說肚子餓要吃中飯，我們隨便

B棟11樓

放了幾塊科學麵煮一煮就當作是中餐了。

下午大概四點左右，我的手機又響了，還是藝君打的。

「子學，對不起。」

「沒什麼好對不起的。」

「我惹你生氣了，你還是第一次掛我電話。」

「我實在是不知道妳在想什麼，」我深呼吸一口氣，繼續說：「如果妳真的身體不舒服，我可以帶妳去看醫生。」

「我不是身體不舒服……」

「那不然是？」

「子學，我真的不可以去找你嗎？」

「妳要怪就怪颱風吧，太危險了，妳沒聽見外面的風雨聲嗎？」我還特意把電話拿到窗台去。「聽見了沒？」

「我知道風雨很大……」

「知道就好。」

「讓我任性一次，你不會生氣吧？」

她沒等我回答就把電話掛斷了，我心裡突然有一種不好的預感。

時間一分一秒慢慢地走過，我愈來愈焦躁，在客廳裡踩來踩去，阿居皓廷看我這樣，都忍不住問我到底是什麼事情。

我回答不出來，因為我也不知道藝君堅持要在颱風天來找我到底是為了什麼事情。

一直到晚上，警衛中心打了一通電話上來，說有個女孩子要找我。

我趕緊披了風衣就跑下去，藝君濕淋淋地站在社區門口。

「我叫她進來等，她不要。」警衛伯伯急忙向我解釋，我對他點點頭，說了聲謝謝。

「妳到底在做什麼？」我有點生氣地說，伸手把她拉到中庭裡。

「我想見你……」

「我靠！明天不能見嗎？就非得要今天？」我一面生氣地說著，一面拿出面紙擦拭她臉上的雨水。

「我不知道該怎麼辦……」她忍著眼淚。

「什麼怎麼辦？妳到底發生什麼事了？」

「上個星期，他回來找我……」

「他？」我立刻想起，是那個在馬祖的他。

「他說他還是很喜歡我，要我繼續跟他在一起。」

「然後呢？」

「可是……我……我沒辦法……」她的淚水終於滑落。「我以為……可是我沒辦法……」

「藝君，妳先冷靜下來，慢慢說，慢慢說。」

她咬了咬下唇，吸了吸鼻子，眼淚一顆一顆地從她的眼角滑落，我連擦都來不及。

「子學……」

「嗯，什麼事？」

「我好想你……」

她的眼淚持續崩潰著，雙手環繞在我的肩膀上，緊緊地抱著我，這是她第二次抱我。

「我以為我不是喜歡你……我以為我不會喜歡你……我以為在我平復失去他的傷痛時，有你的陪伴一定會好得很快。但是……當他又出現了以後，我才真正地發現，我一直在騙自己。這場大雨打醒了我，讓我知道我沒辦法再騙我自己了，沒辦法再騙了……」

她痛哭失聲，環繞著我的雙手在我的背上搥打著。

「我好喜歡你，真的好喜歡你……」

皓廷說的沒錯，她是喜歡我的，只是連她自己都不知道；我也可能是喜歡她的，只是連我自己都不知道。

我把藝君帶到樓上讓她盥洗，拿了一些乾淨的衣服給她穿。本來我想在風雨小一點的時候送她回去，但風雨似乎沒有變小的趨勢，她也堅持不想回去。

我讓她睡在我的床上，然後我去跟阿居擠一張床，皓廷阿居都說我白白放棄一個好機會，我回罵他們一句變態。

睡覺的時候，阿居問我是不是喜歡她？我嗯嗯哎哎的回答不出來，只說了句不知道。後來我想起今晚艾莉沒有來找我，心裡莫名其妙地感到心安。

這時我像是被嚇著了一樣跳了起來，一旁的阿居問我怎麼了。

「阿居，我不喜歡她……」

「啊？為什麼？」

「因為，我喜歡的是另一個女孩。」

「噹」的一聲，我想是問題出現了吧。

「已經沒有問題了，因為你已經說出了選擇題的答案。」心裡的那個聲音這麼告訴我，我竟不自覺地微笑。

這時，艾莉和藝君的樣子像一本相簿一樣，不斷地在我眼前翻動，愈翻愈後面的時候，艾莉的篇幅慢慢地變多，直到最後幾頁，我再也沒有看見藝君。

隔天早上，我在藝君醒過來之前寫了一張紙條，放在枕頭邊，就帶著書出門了。

我曾經想過，我會不會為妳到合歡山上去取雪給妳，也曾經想過，下一次吃麥當勞是不是也跟妳一起去，但我就跟妳一樣，我沒有辦法騙自己，昨晚的大雨不只打醒了妳，也打醒了我。

藝君，妳說過，咖啡與牛奶的相遇，像是註定的緣分一樣，咖啡少了牛奶，就少了一道香味，牛奶少了咖啡，就只是無奇的牛奶。

昨晚，我終於了解妳的意思了。

只是藝君，妳可能忘了吧，咖啡其實可以只是咖啡，牛奶也可以只是牛奶啊。

我是一杯咖啡，所以……我不適合咖啡牛奶吧。

咖啡與牛奶確實是絕配，只是……不一定真要配在一起吧……

35

是吧，是這樣的吧，我是一杯咖啡，我知道或許牛奶會是最好的佐配，但我只是一杯咖啡，我想也大概只有咖啡會了解我吧。

那天回到家之後，我的房間是空無一人的，雖然我把拒絕的意思用特殊的字眼表達給藝君了解，但當我踏進房間的那一瞬間，我還是感覺到那一絲的落寞。

想必是藝君留下的吧。

她在我留給她的字條上，用紅色的筆畫了一個「^_^」的笑臉，寫了一句「你的床上，有你淡淡的香味」。她把我借給她的衣服很整齊地摺好放在一邊。我的心裡有種被擠壓的感覺。

那天之後，藝君就沒有再打電話給我了，我開始不知道明天的天氣如何，有時候看氣象報告，心裡會惹來一陣煩躁，總覺得這些氣象主播都很差勁。

我常在往補習班的路上刻意繞到神奇學舍，但每次一到學舍，我心裡就有一股濃濃的不安，再轉頭看看那間洗衣店，我很怕看見她剛好從裡面走出來。

我在五G的信箱裡看見很多她的信，有些郵戳甚至已經有兩個月了，她卻都沒有收，也似乎沒有想收進去的意思。

B棟11樓

大四開學之後，我跟皓廷他們三個人就幾乎很少在學校出現，大部分只會出現在補習班和圖書館，不過偶爾會在K書中心遇見艾莉，她想考研究所，卻沒有參加任何補習。

「妳為什麼不補習呢？」我問她，在K書中心的樓下。

「因為我沒辦法做很確實的決定，我到底是真心想上研究所呢？還是我想出去工作了呢？」她輕輕皺著眉頭，說著。

「妳在準備哪一個研究所呢？」

「歷史研究所。」

「如果妳沒有上研究所，妳希望從事什麼工作呢？」

「我也不知道，我可能頂著中文系畢業的氣質光環，卻跑去賣章魚小丸子吧。」

「呵呵呵呵，這是非常有可能的，」我笑著，繼續說：「可是妳這樣，兩件事情可能都做不好，妳有想過嗎？」

她愣了一會兒，兩隻大眼睛直勾勾地看著我，然後微笑地說：「子學，我是個優柔寡斷的人，尤其是對我在意的事情。」她摸摸自己的鼻子，有點責怪自己的味道。「我總會在取捨之間失去平衡點，在取之時害怕捨，在捨之時又患得患失。所以我很羨慕你，能知道自己該做什麼，也能在當下拿出勇氣與行動去實踐。」

她站起身來，稍微轉了轉腰，伸了伸骨。

B棟11樓

「妳可能太看得起我了，」我哈哈笑著，「很多事我也必須經過一番掙扎才能做出決定，而且決定之後，我還不一定可以接受結果呢。」

艾莉沒有再說話，只是看著我，然後用她帶著魅力的招牌笑容笑著。

那一陣子，我們每天都會在BBS上傳訊說話，有時候一聊忘了時間，隔天就會黏在床上很難清醒。這時艾莉都會打電話給我，她會在電話那頭輕輕地喊著，「起床了，睡豬。」

明明是跟我同一個時間睡覺的，為什麼她總會比我要早起床呢？

艾莉叫我起床的日子大概持續了一個多月之後，我的電腦非常神奇地燒掉了。可能是從來沒有關機的關係，主機燒了，螢幕燒了，連多孔插座也燒了。

「可能是電壓不穩的問題，供電量一下子變大，插座負荷不住，其他的東西跟著遭殃。」阿居很正經地說，他本來對電腦就比較內行。

「沒救了，螢幕要換，主機或許還可以揀一些沒壞的繼續用，不過我是建議，直接買台新的會比較快一點。」本來很正經的他，這會兒像在說鬼故事一樣地愈講愈小聲，然後突然唱著歌離開我的房間。「電腦燒掉了，子學要起肖，沒有電腦，沒有網路，乾脆死了好，啦啦啦……」

這是他唱的，依著〈滄海一聲笑〉的曲。我都快崩潰了，懷疑我怎麼有這種朋友。

不過他說的沒錯，沒有電腦、沒有網路，對一個大學生來說，大概跟死了差不多。

B棟11樓

我很快地到賣場訂了一台新的電腦，三天之後交貨。

電腦公司交貨那天晚上，剛好補習班沒有課，阿居跟皓廷不知道去哪裡跟別人借來了電視遊樂器，兩個人直盯著電視螢幕大聲喊叫，螢幕裡的車子撞得亂七八糟。

門鈴響，是艾莉，她拿了些東西來請我們吃，又拿了她買的藍山咖啡豆，說想泡杯咖啡大家一起喝。

這時電腦公司打電話上來，說電腦已經送來了，我應了聲好，拿了鑰匙，就到樓下去搬電腦。

我先是把螢幕搬上來，那螢幕又大又重，艾莉見狀，也說要跟我下去幫忙搬。只有那兩個死沒良心的還在撞車。

所有的東西都搬上來之後，接下來就是灌軟體的工作，本來是阿居要幫我灌的，但因為他正在開車搏鬥中，基於凡事要快就要靠自己的道理，我還是自己來吧。

這時艾莉泡了咖啡，敲了一敲我的房門。

「子學，喝杯咖啡吧。」

「這是什麼豆子？還是藍山嗎？」

「是的，你不喜歡嗎？」

「不，不會。」我笑著回答，但看著這杯咖啡，腦子裡卻閃過藝君的咖啡牛奶。

「只是我對咖啡並不了解，妳可以解釋一下什麼是藍山嗎？」

「藍山咖啡豆產在牙買加藍山山脈，所以用藍山命名，又因為藍山山脈的平均高度都是海拔一千八百公尺以上，所以在這高度之上的區域種植的豆子，才能被稱作藍山，低於這個高度，就算是在同一個藍山區域裡的咖啡豆，也頂多只能叫它牙買加高山咖啡。」

我聽得有點吃力，但她說得很開心。

「一定要海拔一千八百公尺以上？要求真如此嚴格？」

「是啊，甚至有些咖啡癡還堅持，一定要在藍山山脈最高海拔二千二百五十六公尺的地方種植的咖啡豆，才叫作真正的頂級藍山咖啡。」

「那妳呢？妳也這麼堅持嗎？」

「我堅持的不是咖啡豆，而是跟誰一起喝咖啡。」

我聽完這句話，有種被電著的感覺，本來手裡還拿著滑鼠，卻因此掉在桌上。

她看見我的反應，呵呵地笑了出來，「逗你的啦，呵呵呵，你的反應真好玩。」她說。

艾莉，妳真的是逗我的嗎？為什麼我連妳在逗我都覺得快樂呢？是不是妳也真的是一杯咖啡呢？如果是的話，那妳是海拔二千二百五十六公尺的頂級藍山嗎？因為，我有一種離妳有段距離的感覺。

「艾莉，我可不可以問妳一個問題？」

「你問啊。」

「為什麼妳會猜測我喜歡偏酸的咖啡呢？」

她聽過問題，稍微愣了一下，歪著頭看著我，表情甚是漂亮。

但是她沒有回答問題，她站起身，說時間到，該回去看點書了。

那天晚上，我試了好久，網路終於通了。

我連上線，首先去尋找艾莉是不是還在名單上，但她已經下線了，時間是半夜三點。

但我在查詢她的時候，看見她的名片檔這麼寫著：

我喜歡偏酸的藍山，我期待有人跟我一樣。

因為妳，我才真正地發現，原來我喜歡的咖啡，其實偏酸。

36

我開始至少每天喝一杯藍山，在我要到補習班或K書中心之前，阿居跟皓廷好像也受了我的影響，對咖啡產生了濃厚的興趣。

我們的K書中心附近有個公園，那個公園不大不小，但樹植得很密，生長得也很茂盛，有時候在下午經過，會看見一些年輕媽媽帶著三五歲不等的孩子在公園裡穿梭跑跳嬉戲著，一些老爺爺們會在涼亭裡喝茶下棋，偶爾打打象棋麻將。不過我比較有興趣的是那幾個每天遛鳥的爺爺們，他們每天都提晃著自己的鳥籠，準時到公園報到，他們都管自己的鳥兒叫作「雀仙」，但那些鳥明明是畫眉。

我沒養過鳥，所以我不懂，不過雀仙這名稱倒也好聽，大概這麼叫牠們會有潛移默化的作用，會讓牠們的叫聲比較嘹亮吧。

公園旁有個賣紅豆餅的老爺爺，大概每天下午三點左右就會聽見他叫喊著「吼兜兵」，然後推著三輪車停在公園旁邊。

一開始我還不知道「吼兜兵」是什麼怪東西，後來才了解原來這個老爺爺是外省人，口音不是很好了解。不過紅豆餅可以唸成「吼兜兵」，他也真是夠酷的了。

有時候我們會在吃過晚飯之後，走到公園去聊一聊，我會帶著我的藍山咖啡，而皓廷獨鍾曼特寧，阿居喜歡的口味時常變換，我也不知道他到底喜歡哪一種咖啡。這時候公園多半已經沒有人了，只有幾十隻很凶的蚊子陪著。在這裡，我們會討論咖啡，討論電影與網路，討論一些國家考試的問題，或是一些社會新聞與污穢的政治議題。

有一次，不知怎麼著，聊到了李登輝、陳水扁、連戰和宋楚瑜，突然三個人像吃錯藥似的，開始輪番發表自己的長篇大論，但因為論戰有些混亂而且激烈，請恕我無法詳細地敘述論辯內容。

但最令我們印象深刻的是，在一番亂七八糟的激烈爭辯之後，我們突然間安靜了下來，像喧譁的舞廳突然關上震撼的音樂一般地安靜，我看看阿居，阿居看看皓廷，皓廷看看我，我再看看阿居。

一陣面面相覷之後，我們突然有一種空虛，也可以說是一種新的領悟。

「為什麼我們突然安靜了下來？你們想到原因了嗎？」阿居問著，他認真地看著我們。

「因為我突然間體悟到，那些天天在上政治評論節目的人他們當下的心情，更突然間了解到，在螢幕前看著節目的我們當下的心情，」皓廷平靜地說著，「但我們只能說，只能說，卻無法改變什麼。」說完，皓廷嘆了一口氣。

「想知道我們為什麼突然間安靜下來嗎？」我說，「因為經過激烈討論之後，我們都突然間了解到，剛才討論的那四個人，這些政治大頭們，似乎沒有貢獻過什麼。」

我們當下發誓，從此對政治不聞不問，忘了政治這個名詞。

我突然發現我是個遲鈍的人，跟皓廷相識了第四年，我才開始慢慢地了解他，我才開始知道原來他表面上看似冷靜與成熟，是因為在他心中，每件事情都有他自己的答案。

我回頭看看過去四年，皓廷永遠在自己的軌道上。我說過他是個不修邊幅的大男孩，個性有些孤僻，平時話也不多，所以才會發生校隊系隊學長來邀他加入多次不成的情況，也才會造成這四年大學生涯當中，他的朋友除了我跟阿居還有亞勳之外，似乎沒有其他的人，頂多再把對面的三個女孩加進去。

他雖然受女孩歡迎，但睿華之後他也沒有再接觸其他的女孩子，有時候跟他哈啦想問問有沒有新戀情，他會表現得連回答都懶。我想睿華離開之後，他只有籃球吧。

朋友不多，在別人的眼中看來似乎不是個好現象，但他也不會試圖去改變或是拓展自己的人際關係，因為他一直在他的軌道上，他認為他的軌道才是安全的。

再看看阿居，這個我一直以為很了解他的青梅竹馬、從小到大一起長大的好朋友，在大學四年密集地跟他相處過後，我才真正地發現，他像個有好多好多稜面的琉璃，你可以知道那是個琉璃，卻無法一眼看透。當你以為摸出了一個軌跡去透視那些稜面，但其實還有很多稜面等著你發掘。

很多事情阿居都顯得瘋癲、不屑、默不作聲，就算是關心也很淺很淺，但你了解他之後，你可能會自嘆弗如，他對每一件事情的感觸永遠都比你直接，永遠都比你深刻，表現出來的反應也永遠都會讓你想掬一把眼淚。

有一次，他的車子壞在孤兒院外面，打電話要我去載他，當我抵達孤兒院的時候，所有的小朋友站在門口等我，整齊且大聲地對我說「生日快樂」。

我的眼淚無法抑止地落下，雖然我是笑著的。

他說：「因為我說不出這肉麻的四個字啦。」拍在我肩膀上的他的手，是我從未感受過的溫暖。

「子學，你有什麼夢想嗎？」皓廷問我。

「我？我的夢想可多了。」我笑了笑，喝了一口藍山。

「說來聽聽啊。」

「我想在陽明山上買一棟屬於自己的房子。」我說。

「我想去洛杉磯陪著湖人隊東征西戰，看完整季的ＮＢＡ球賽。」我說。

「我想到義大利、到德國，我想在他們的無限速道路上狂飆法拉利。」我說。

「我想有一個對我來說百分百的女孩，我的心、我的肺、我的所有都可以無條件給她。」還是我說。

「果然很多，」阿居笑著，豎起他的大拇指。「你呢？皓廷，你的夢想呢？」他轉頭問皓廷。

只見皓廷站起身來，在原地走了兩步。

「我要考上律師，」他說：「這是我家人的期望，是我對自己的期望，」他突然轉頭認真地看著我們，「也是睿華對我的期望。」

「呵呵，盧比．拜洛是嗎？」我拍了拍他的肩膀。

「是啊，盧比．拜洛。」他笑了笑，沒有再說話。但我們都知道，已經快三年了，他還在等睿華回到他的身邊。

「阿居，你呢？你還沒說呢！」我拍了拍涼亭裡的石桌。

「啦啦啦，啦啦啦，」他開始裝瘋賣傻地胡鬧，「緊張緊張緊張，刺激刺激刺激，想知道水泮居的夢想嗎？若要知情，下回分曉！」

我們都被他逗笑了，涼亭裡充滿了我們的笑聲。

但那晚我們回到B棟11樓之後，他在一張白色的宣紙上寫了：「我想回浙江，帶著我的爸爸媽媽。」

他用他的方法告訴我們他的夢想，我認知到自己的夢想與他的差距是那麼的大。

又近木棉花開時，大學四年一千多個日子，就像一場好看的電影一樣，你可以感覺到結局近了，只是希望Ending別太早出現，只是捨不得散場。

怎麼了？我問自己，故事說到這裡，就要結束了嗎？

是啊，是啊，我也以為故事到這裡就要結束了，但這場電影似乎還沒有想落幕的跡象。

在我們畢業前大概一個月吧，一天大清早，電鈴聲吵醒了睡眠很淺的我，而阿居和皓廷是不可能聽得見的。

我開門，眼前的這個女孩好熟悉，只是剛睡醒，眼睛矇矓看不太清楚。

我摘下眼鏡，揉了揉眼睛，再把眼鏡戴上，這個女孩說了句：「早安啊，子學。」

我的下巴差點掉到地上。

這個女孩是睿華，她的頭髮更長了。

夢想有時候其實很簡單，也其實並不遙遠，
它之所以難以追求與達成，是因為它由不得你。

37

我不清楚皓廷跟睿華接下來的發展是怎麼樣的，因為那天之後，皓廷變得比平常更認真，早上還沒六點，你就可以聽見他在盥洗的聲音，直到晚上我跟阿居都想睡了，他還在挑燈夜戰，一副高三生要考大學的模樣，有時候你想問他跟睿華是不是有什麼進展，但看他如此認真地面對國家考試，內心裡不免泛起層層不安。

艾莉站在就業與升學兩條路的分歧點上，一直做不出一個有決心的決定，她為此大感困擾，我也替她擔心。

她的暱稱從本來的「親愛偉士牌」，改成了「I wanna cry」，有一天我在線上遇見她，看見她的暱稱嚇了一跳，趕緊傳訊問她。

tzushitlin：妳怎麼了？為什麼想哭呢？

dancewithyou：沒事，沒什麼，我只是在煩惱而已。

tzushitlin：不知該如何選擇嗎？就業與升學之間。

dancewithyou：是啊。

tzushitlin：妳知道嗎？其實妳也不需要選擇了。

dancewithyou：為什麼？

tzushitlin：因為時間已經不多，選擇只是徒增妳的困擾而已。

dancewithyou：繼續說。

tzushitlin：既然對歷史研究所有興趣，明年就認真地考完它，至於其他的，考過之後再來煩惱吧。

她沒有再傳訊來，我想她是在沉思吧。

大概過了五分鐘，她又傳來訊息。

dancewithyou：子學……

tzushitlin：嗯？

dancewithyou：為什麼你總是可以輕易地說服我呢？

看了這句話，我有些不解，喝了一口藍山，我繼續敲打鍵盤。

tzushitlin：我說服妳了嗎？

dancewithyou：是啊，我決定好好準備明年的研究所考試了。

tzushitlin：這是明智的選擇，妳沒辦法邊想邊考試的，這樣妳想也想不出個所以然，考也考不好。

dancewithyou：嗯，謝謝你，子學。

tzushitlin：不客氣，快把妳的暱稱改了吧，這暱稱我看了挺難過的。

dancewithyou：真的嗎？如果我真的哭了呢？

我不知道該怎麼回答，或者應該說我不知道回答什麼。

tzushitlin：我就只好拿面紙給妳擦囉。

打完這些字，我覺得自己是豬頭。

dancewithyou：只有面紙嗎？有沒有其他的？

tzushitlin：難不成妳需要毛巾？

dancewithyou：我需要的是安慰。

tzushitlin：喔，原來如此。

喔，原來如此。喔，原來如此。喔，原來如此。喔，原來如此……

我竟然打出這麼沒有感情的幾個字，我實在是不知道自己在幹嘛。

dancewithyou：子學，你可能累了吧，早點休息，我也要休息了，晚安。

系統通知了我dancewithyou下線的訊息，我心裡突然襲來一陣空虛。

我走出家門，慢慢地走到對面，我想按電鈴，但我沒有勇氣，我想跟她說我會盡我所能地給妳安慰，但我還是沒有說。

就在距離畢業只剩下一個星期的那天晚上，皓廷拿給我一封信，他說這是他前幾天在信箱裡看見的，一直都忘了拿給我。

要說出一句我喜歡妳，到底需要多大的勇氣呢？

38

我看了一下信封，上面除了「子學啟」三個字之外，連郵票都沒有。

我愣了一下，大概知道這是誰寄來的信。我靜靜地拿著信，按了電梯，到了一樓，我走到中庭裡，在一個只有些許昏黃燈光以及沁藍月光的地方坐了下來。

我深呼吸一口氣，把信打開。

子學，好久不見：

我不知道你什麼時候會看見這封信，所以我沒辦法告訴你今天的天氣，木棉花開的日子代表著炎炎夏日即將來臨，台北的午后會有短暫的雷陣雨喔，如果你想出門的話，要記得帶雨具。

你知道嗎？要開始動筆寫這封信，我儲備了將近一年的勇氣，你一定覺得很奇怪吧，為什麼寫一封信給你，需要那麼多那麼多的勇氣呢？其實，我也不知道為什麼，只是我時常在醒著的時候想起你，在睡著的時候夢見你，當你的臉愈來愈清晰的同時，我的心也就愈來愈痛。

這樣的日子持續了好長一段時間，我想大概有半年多那麼久吧。聽老一輩的人說，以前的人不管男女都一樣，只要失戀了，一定會痛苦難過得很久很久，現在的年輕人，如果失戀的痛苦可以持續一兩個月的話，就已經算是很有情很有心的了。

如果老一輩的人說的對，那麼，我是不是不年輕了呢？還是因為太晚發現其實我已經很喜歡很喜歡你了，所以我變老了呢？你有答案嗎？子學，如果你有答案的話，是不是你也跟我一樣，正在為了喜歡另一個人而變老呢？

你說，你只是一杯咖啡，我不懂你的意思。因為我認為，咖啡加了牛奶才是最美的絕配，如果你是一杯咖啡，為什麼不容許我當你的牛奶呢？

你還記得我們第一次相遇的時候嗎？我喝得有點醉，在你面前糗態百出，所以我發誓我一定要討回這個面子。第一次在洗衣店裡看見你時，我故作特別的，就是希望可以讓你多注意我。你一定忘了我們在洗衣店裡的對話了吧，我卻記得好清楚。

我說：我看了你的比賽，你打得很好。

你說：喔？真的？謝謝誇獎，我不知道妳對籃球也有興趣。

我說：我不是對籃球有興趣。

你說：那……妳是對籃球場有興趣？

你知道嗎？你真是個笨蛋。

聽完你的回應，我差點沒暈過去。

難道你真的看不出來，我有興趣的不是籃球，更不是籃球場，而是你，林子學嗎？

B棟11樓

哎呀，我也是個笨蛋，當時明明我也是不知道的，不是嗎？

我以為那次之後，我大概沒什麼機會再遇見你了，直到我的生日那天，我們在學校的餐廳裡相遇，我就告訴自己不能再讓機會溜走。

你還記得什麼是ZHR嗎？我想你一定忘了吧。沒關係，我不怪你，畢竟你的腦子裡該裝的是六法全書，而不是這些奇怪的天文大氣原理。

只是那天，你用了一個很特別的外號稱呼我，「直尖小姐」，你說我既直接又尖銳。

子學，我直接是因為我心急吧，我尖銳是因為我不懂得修飾我的心急吧，如果我不直接也不尖銳的話，你是不是就會喜歡我了呢？

我真是個笨蛋，我又問了一個沒有答案的問題。

這些日子裡，你還有回到高雄去嗎？我在上個月特地找了一些時間，一個人到高雄玩了兩天，我問了好多人才找到所謂的黑輪，原來高雄的黑輪跟台北的黑輪長得不太一樣。

我走過好幾條你好像跟我說過的路，我在記憶裡翻找著你是不是告訴過我你家位在哪一個區域，當我發覺其實你沒有告訴過我之後，我傻傻地站在你們的文化中心門口哭泣，我期待著那一瞬間下一場大雨來掩飾我的淚滴。

你對我說的太少了，讓我連想多留一些你的回憶都不夠。

這時有個小男孩拉了拉我的裙襬，遞了一包面紙給我，站在他旁邊的是他的爸爸媽媽，我向他們點點頭，也對小男孩說了聲謝謝。

我發現這個小男孩的眼睛跟你好像，看似單眼皮的眼睛上，其實有著深深的內雙，他的睫毛一眨一眨的，好可愛，好漂亮，讓人想一把抱住，就永遠不要再放開了。

你小時候也一定是這樣的吧，如果有機會，我可以看看你小時候的照片嗎？

對了，有一件事，我怕你一直放在心上，所以趁我還記得，我必須跟你講。

在麥當勞的時候，我要你替我吃完麥香魚，就算是間接接吻也要你吃光它。其實在那當下，我是逞強的，我的內心裡也有萬般的掙扎，但我想，如果你願意的話，那一定是一個很美很美的回憶吧。

子學，你是個很容易就會讓別人對你動心的男孩，因為你的誠摯會寫在你的眼睛裡，你的真心會反應在你的笑容裡，所以我好喜歡看著你的眼睛，也好喜歡看見你的笑容。

但是，是不是已經沒有機會了呢？我想是吧，因為再過幾天，我們就要畢業了，畢業之後，我沒有理由繼續留在這裡了。

對不起，子學，有件事我一直沒有告訴你，你只知道我沒有什麼朋友，但你不知道真正的原因是什麼。

我要回西雅圖了，子學。我會用「回」這個字，是因為早從十幾年前開始，那兒就已經是我的家。

我好想問你啊，子學，如果我不在台灣了，你會寂寞嗎？

因為我問我自己，回到沒有子學的西雅圖，我真的會很寂寞吧。

我好想你，子學，我真的好想你。

我想念你帶我去的麥當勞，我想念和你一起看的獅子座流星雨，我想偷偷地在你的枕頭下放兩株七里香，我希望我們的身上有相同的味道。如果我可以在你離我七里遠的地方就知道你來了，我就可以穿得漂漂亮亮地等你，我們可以再去看一次流星，我們可以再去給麥當勞叔叔一個建議。

終究，我還是沒有能在回西雅圖之前到合歡山去賞雪，今年的冬天來臨的話，你可以幫我去一遍嗎？

我好囉嗦，不知不覺就寫了這麼多，累積近一年的勇氣換來這麼長的一封信，卻好像還沒有寫完我對你的心。

我好想再聽聽你的聲音啊，子學。但我已經把我的電話號碼停掉了，你的號碼也變成一種回憶了。

再見了，子學，再見。

西雅圖每年有二百八十三個雨天，我會在雨中想你。

藝君，台北，倒數中的夜裡

B棟11樓

看完信，我的眼淚懸在眼眶，我不敢眨眼睛，我怕我的淚會就此決堤。

我的內心一片混亂，我找不出形容詞形容這樣的混亂。

我帶著稍腫的眼睛回到B棟11樓，艾莉端了一杯咖啡，站在電梯門口等我。

「怎麼了?妳怎麼站在這裡？」我驚訝地問，並試圖掩飾看過信後的落寞。

「我在中庭看見你，本來想叫你，但你很專心地在看信，我就沒吵你。」

「喔……嗯……」

「一定是一封很傷心的信吧。」她問。

「一封朋友的信，她要回美國了，我覺得捨不得。」

「嗯……」她點點頭，然後把咖啡遞給我，「喝了吧，應該會平靜一些的。」

我接過咖啡，輕啜一口。她伸手在我背上輕輕撫著，我有一種無法言喻的安全感。

「還是藍山？」

「嗯，是啊。」

「妳期待有人跟妳一樣，是嗎？」

她愣了一下，然後淺淺一笑，向我點點頭。

艾莉，我想問妳，如果妳在沒有我的台灣，妳會不會寂寞呢？

B棟11樓

39

畢業典禮那天，整個禮堂因為學士服的關係被染成黑壓壓的一片，好多同學幾乎一年見不到幾次面，奇怪的是有些感情似乎不會變，要好的依然很要好，不熟的還是只點個頭笑一笑。

其實幾乎每一個人都是三個月之後的敵人，因為九月二十日就是律師考。

但今天大概沒有人會談及律師考，因為四年的同窗在今天畫下句點，大家不是盡情地瘋一瘋，就是盡情地哭一哭。

睿華一大早就來到B棟11樓等皓廷，當他們牽著手搭電梯的時候，我竟然莫名其妙地在心裡湧上一陣感動。對面的三個女孩今天都特別漂亮，頭髮也都特別去整理過，我問她們為什麼？她們說因為今天一定會拍很多照，不希望在別人手上的照片是個可怕的瘋婆樣。

我爸媽也是一早就從高雄趕上來，會場很大，我還一度怕他們迷路，看見他們的時候，爸爸正牽著媽媽的手在會場外面走著，印象中他們好像已經很久很久沒有這樣了。

典禮結束之後，會場外就好像是一場大型的記者會一樣，鎂光燈閃個不停，尖叫聲也不斷。

我請艾莉替我和爸媽照張相，沒想到媽媽叫阿居負責按快門，她希望艾莉跟我們一起拍。

「不好意思，妳會覺得怪嗎？」我小聲地在她耳邊問著。

「不會，不會，我很開心呢。」她瞇著眼睛，轉頭看我，笑著說。

拍完照片，亞勳不知道從哪裡冒出來的，他抓著皓廷和阿居跑到我旁邊，硬是要我們四個人一起拍張照片。

「我可是好不容易才在人群中找到你們的，不拍一張對不起自己。」

他大聲說著，笑容燦爛。我突然有些感觸，好像很久沒有看見他燦爛的笑了。

接下來的場面有些混亂，到處搶鏡頭的情況此起彼落，一下子阿居吸在皓廷的身上拍，一下子皓廷抱著睿華拍，反正就是拍來拍去，拍到深處無怨尤。

「子學，我可以跟你拍一張嗎？」艾莉靠到我身旁說著。

「耶？好啊。阿居，快幫我們拍一張。」

阿居拿著相機，要我們靠近一些，我往右邊移了些，他又說再靠近一點，我有一種被陷害的感覺，但心裡卻是甜的。

就在快門按下那一剎那，有一隻手把我的臉別向艾莉的方向，把我的臉擠到她的頰上，鎂光燈一閃，我整個人都呆了。

「這才叫作照片。」阿居豎起拇指說，一旁的幫手皓廷笑到翻過去。

B棟11樓

「對不起……對不起……艾莉，我不知道他們……」我急忙解釋著，用手蓋住自己的嘴巴。

「沒關係，沒關係。」她搖搖手，笑著說。

吃過飯，我送爸媽搭車到松山機場，然後回到B棟11樓，這時已經是下午兩點多了，大家都好像有一種累癱了的感覺，所有人都擠到沙發上。

阿居開了冷氣，這時天空轟隆了幾聲。

「啊……要下雨了。」涓妮看著窗外。

「這叫作午後雷陣雨。」

「這是我們大學生活的最後一天了……」婉如轉著自己的手指頭說著。

「是啊……這是我們住這裡的最後一天了……」我說。

「沒關係啊，我可以跟我奶奶說，你們可以再多住幾天啊。」艾莉拉著我的手，轉頭看著我說。

「B棟11樓啊B棟11樓，沒想到我們一住就是兩年，沒想到兩年後我們竟然捨不得分別。」阿居說完，整間屋子都安靜了。

是啊，真的沒想到吧。

沒想到我們真的一住就是兩年，而且兩年的時間就像兩天一樣的短暫，明明我才剛搬到這裡沒多久的不是嗎？怎麼今天就要離別了呢？

果然，開始下雨了，台北的午後雷陣雨就是這樣，每天都準時報到的。

我想起藝君在信裡面提醒我的，出門要記得帶雨具，我想著藝君，不知道她是不是已經上飛機了呢？

我不敢再去想藝君，因為我對她似乎有一種愧疚。我轉頭，睿華正靠在皓廷的身上，映在我眼裡的這一份幸福，我好希望可以找到一個女孩共享。

不自覺的，我的視線停在艾莉身上，她正在用手撥著她的頭髮。

「我們……六個人……一起去拍張照片好嗎？」我說：「就阿居、皓廷、婉如、涓妮、艾莉還有我，我們六個人。」

所有人像醒過來一樣，臉上開始浮現笑容。婉如興奮地從包包裡拿出墨鏡，可愛的她戴上了墨鏡更顯得俏皮了。

我們走到門外，選了一塊門牌當背景，我轉頭想站在艾莉旁邊，但艾莉卻已經站在我面前。

睿華拿著相機，喊著一、二、三，我鼓起勇氣把手搭在艾莉的肩膀上，她微微顫了一下，然後輕輕地往我身上靠近了一些。

拍完照，皓廷提議所有人一起去買用具，晚上來個離別B. B. Q.，但他聲明我跟艾莉要留在家裡看家，不可以跟。

我看了看皓廷，他表情很詭譎地對我眨眨眼，阿居拍拍我的肩膀要我好自為之，婉如跟涓妮則在一旁偷笑。

不到五分鐘，屋子裡只剩下我跟艾莉了。剛剛還很熱鬧的空間一下子安靜了下來，然後被一種奇怪的氣氛籠罩。

大概有五分鐘，我們的話題都圍繞在屋裡的擺設、窗外的天氣，還有一些言不及義的東西上面。

「我們到中庭去散步好嗎？」艾莉說。我看見她臉上泛起一陣紅。

「嗯，好啊。」

我們到了中庭，很有默契地開始順時針走十圈，逆時針走十圈。

「我們各走五十圈之後，他們就回來了吧。」

「又是五十圈，妳很喜歡走五十圈。」

「我說過了，我喜歡散步啊。」

「那，我應該接什麼呢？我喜歡陪妳散步嗎？」

她轉頭看看我，然後開心地笑著。

「畢業了，子學，你除了考試，有什麼計畫嗎？」

「我完成了一步才會再想下一步，所以我必須先考完試才知道。」

「那阿居他們呢？」

「阿居說他要存錢，買張機票，他想帶著他爸媽回浙江去。」

「浙江？為什麼？」

「因為水姓源自浙江，那是他爸媽的故鄉。」

「那皓廷呢？」

「皓廷是我們三個人當中最穩健的了，他一定會考上律師的，因為他的夢想是當睿華的盧比．拜洛。」

「盧比．拜洛？」

「妳想知道盧比．拜洛是誰的話，我可能要帶妳去看MTV了。」

說完，她有些不解地看著我。

「盧比．拜洛是一部電影裡主角的名字，是一個律師。」

「喔……那……」她伸著右手食指，放在她的雙唇間。「你真的會帶我去看MTV嗎？」

我聽完她的問題後有些錯愕，看了看她，「可能吧，大概吧。」

「你是個不勇敢的男孩子。」她說，用手指頭點了我一下。

「勇敢？哪方面的勇敢呢？」

她沒有回答，只是一直往前走著。

「啊，貓在叫了。」她停下腳步，往上看，似乎在傾聽什麼。

「貓在叫？對了，妳的馬爾濟斯。」

B棟11樓

「我去看看牠是不是跑出來了，不然牠會把客廳當廁所的。」

她啪啪啪啪地跑上去，我繼續在中庭裡繞著圈圈，雨愈下愈大，挑高的中庭有雨水潑了進來，我走進中庭裡的一個小涼亭躲雨。

我看著雨水一滴一滴地從亭簷上滴下來，在地上濺起晶瑩的水花。

不知不覺地看得入神了，整個人像是呆了一樣。

沒多久之後，有個聲音從後面傳來，是艾莉，她把貓帶下來了。

「先生，你一個人嗎？」

我回頭，她俏皮地看著我。

「怎麼一個人坐在這裡呢？你被雨困住了？」

我知道她在玩著所謂的搭訕遊戲，只是她的演技可能還要加強。

「是啊，早知道就不躲雨了，愈躲下得愈大。」

索性我也玩了起來，配合她的遊戲。

「如果我跟你說，這場雨可能要三個小時才會停，你怎麼辦？」

我突然間有一種好熟悉的感覺，似乎在哪裡有發生過一樣的事情一般。

我拚命地回想，拚命地回想，但一時間就是想不起來。

「妳剛說什麼？我沒聽清楚，可不可以再說一次？」

「我說，這場雨可能要下三個小時才會停，你怎麼辦？」

倏地，我想起我曾經做過這個夢，在我高中的時候。

我開始笑，一直笑，一種很奇妙的感覺充斥整個身體，似乎集結了一股力量要往外衝。

「妳姓中嗎？小姐？」我問。

「什麼意思？」她一頭霧水的，皺著眉頭。

「中央氣象台啊。妳說三個小時就三個小時，哪那麼準的？」

「那我們來賭一賭，三小時之後我再來找你，如果雨停了，我就親你一下，如果雨還繼續下著，你就要親我的狗……」

我沒等她說完，衝上前去一把抱住她。

原來妳早出現在我的夢裡，早已經使我多年等待。

40

回到高雄已經兩個多月了，我繼續埋首在準備律師考試的書堆裡。

九月二十日的律師考試愈來愈近，我以為我會是緊張而且焦慮不安的。

但每當太陽緩緩地從天邊降落，映紅了西方的雲朵，那黃橙橙的光斜斜劃穿我的窗戶，我總會想起過去的一些時光，然後一陣心暖，然後微笑。

那天的B. B. Q.很好玩，在雨後的傍晚，映著夕陽暖暖，橙光淡淡，四年大學生活最後的歡笑，一聲一聲地融化在我們每一個人的心中。

畢業三個星期之後，我陸陸續續收到他們的消息。

涓妮畢業之後回到她的家鄉新竹，而且因為母親大人強迫的關係，兩個星期之內相親了十次，卻在一次幫爸爸開車去加油站加油時，遇見一個讓她一見鍾情的男孩子。

男孩問她：「小姐，九二還是九五？」

她說：「九五，加滿。」

男孩又問她：「小姐，加滿一共一千零五十元，請問妳要什麼贈品？」

她竟然說：「我要你的電話號碼。」

他們兩天之後就在一起了，感情好得不得了。

婉如則在台北找了一份會計工作，延續大學四年所學的專長，並且準備考會計師執照。

聽說有一天她下班之後，在路上遇見高玨，他穿梭在等待紅綠燈的車陣當中，發放著一些廣告海報，當他遞出海報給婉如時，竟然不知道這是他在一起兩年的女朋友。

「因為我戴了口罩，所以他沒在第一時間認出我。」婉如這麼說。

我在想像著，如果婉如沒有戴上口罩，高玨在第一時間就認出她的話，不知道兩個人當下在馬路中間會是什麼樣的情況。

皓廷就不用說了，他選擇留在台北，暫時跟睿華住在一起，律師考試我想他勢在必得，如果他沒有考上的話，那大概也沒多少人有希望了。

「考上之後，我要先帶睿華出國去玩一玩，然後回來把兩年兵役還給國家，當我完成了所有的事情之後，我要把我剩下來的生命，通通都交給睿華。」

我不禁在電話裡質疑他的堅定，為什麼他可以如此確定？

他說：「這不需要什麼確定，只要去愛就是了。」

至於阿居，我以為我最該擔心的是他，但他總是有辦法讓所有人說不出話來。

他沒有告訴任何人他的計畫，但當他打電話給我的時候，他人已經在名古屋了，他說彧子生下了一對雙胞胎，他無論如何一定要看一看。

我擔心他會不會有什麼意外，他說不需要擔心，他已經惡補了一些日文，而且過幾天就會回來。

其實他不說我也知道，他對彧子的感情就像卜算子裡所說的那一條長江一樣。

長江會有乾涸的一天嗎？或許吧，但在長江乾涸之前，他對彧子的感情就像長江一樣川流不息。

然後是藝君，我沒有再接到她的消息，也沒能打聽到她的資料。

我託了同在理學院的同學去幫我問問，看是不是能問到她在西雅圖的電話，或許我可以撥個電話給她。

但是消息回傳，答案是沒有，因為她在大氣系四年也沒有認識多少人，同學多半以為她天生孤僻，而她也不善與人親近。

但我知道，我會想念她的。就像她說在那遙遠，一年有二百八十三個雨天的西雅圖，她也會想念我一樣。

我常在感嘆時間不夠，因為分離之後再難聚首。

尤其是大學畢業之後，同學真正的各奔西東，前程與社會急遽壓縮了原本單純而且遼闊的學生生活。

你不再能輕易地翹課，因為社會不會給你機會重修。

你不再能輕鬆地掛在網路上，或是賴在床上，因為生活的重擔會一下子跳出來左右你的生活步調。

你不再能心無旁騖地看世界盃足球賽或是NBA的總冠軍戰，因為只要進廣告，你就會突然想起還有工作在run，你的生活就是不斷不斷地去追工作進度時間表。

如果大學生是鳥，畢業後你就不再能自由地飛；如果大學生是豹，畢業後你就不再能自由地跑。

因為遼闊的大學平原已經被時間往後推，這一片五彩繽紛的景致已經在你的後方，你只能偶爾回頭望望，用回憶來品嚐過去的酸與甜。

當然，這樣的感嘆對我來說還太早，因為我才剛離開美麗的大學校園，社會裡真正的考驗，我都還沒來得及接觸。

最後，我知道你們都在等待著一個最重要的結局，那就是艾莉。

其實我跟她之間並不像我跟藝君那般複雜，相較之下，我跟艾莉簡單多了。

前幾天，也就是九月剛開始的時候。

艾莉一早撥了電話給我，要我在下午兩點時到車站接她，她有重要的事想告訴我。

那天下午，我很準時地到了車站，卻沒見她從車站裡面走出來。

時針慢慢地前進，直到三點，我的心開始慌，我擔心她是不是出了意外。

我撥了她的電話，話筒那方傳來火車正在行駛的聲音，我問她在哪裡，她說在回台北的路上。

「妳不是來了嗎？為什麼又要回去了？」

「我只是要告訴你重要的事，而且我已經說完了。」

「說完了？什麼時候？」我一頭霧水地問著。

「你還記得我第一次到高雄的時候，我在哪個地方等你嗎？」

「記得，車站出口第三座公共電話前面。」

「嗯，聰明的你，一定會知道的，快去看看吧。」

她的語氣很開心，說了再見之後就掛了電話。

我趕緊跑到第三座公共電話前面，但左看右看，我沒有發現什麼。

直到我轉身，在電話的正對面發現一面廣告牆，那廣告已經屹立在車站前好久好久了，看了廣告看板上的字，我突然想起艾莉第一次做早餐給我的那一天，我問她「什麼才叫作咖啡」。

那是家咖啡館的廣告，廣告看板上畫了個女孩，坐在落地窗旁邊看著窗外，窗外正有個男孩走近，笑容燦爛。

「只要是你陪我喝的咖啡，對我來說就是真正的咖啡。」

很多事，重點不是事情本身，而是陪伴你完成的人。

【全文完】

國家圖書館出版品預行編目資料

B棟11樓／藤井樹（吳子雲）著. -- 二版. -- 臺北市：商周出版：家庭傳媒城邦分公司發行, 2014.11
面； 公分. --（網路小說；045）
ISBN 978-986-272-704-1（精裝）

857.7　　103022807

B棟11樓

作　　者／藤井樹（吳子雲）
企畫選書人／楊如玉
責 任 編 輯／楊如玉

版　　權／翁靜如
行 銷 業 務／李衍逸、黃崇華
總　編　輯／楊如玉
總　經　理／彭之琬
發　行　人／何飛鵬
法 律 顧 問／台英國際商務法律事務所　羅明通律師
出　　版／商周出版
城邦文化事業股份有限公司
台北市民生東路二段 141 號 9 樓
電話：(02) 25007008　傳真：(02) 25007759
Blog：http://bwp25007008.pixnet.net/blog
E-mail：bwp.service@cite.com.tw
發　　行／英屬蓋曼群島商家庭傳媒股份有限公司城邦分公司
台北市民生東路二段 141 號 2 樓
書虫客服服務專線：(02) 25007718、(02) 25007719
服務時間：週一至週五上午09:30-12:00；下午13:30-17:00
24 小時傳真專線：(02) 25001990、(02) 25001991
劃撥帳號：19863813；戶名：書虫股份有限公司
讀者服務信箱：service@readingclub.com.tw
城邦讀書花園：www.cite.com.tw
香港發行所／城邦（香港）出版集團有限公司
香港灣仔駱克道193號東超商業中心1樓
E-mail：hkcite@biznetvigator.com
電話：(852)25086231　傳真：(852) 25789337
馬新發行所／城邦（馬新）出版集團【Cité (M) Sdn. Bhd.】
41, Jalan Radin Anum, Bandar Baru Sri Petaling,
57000 Kuala Lumpur, Malaysia.
Tel: (603) 90578822　Fax:(603) 90576622
email:cite@cite.com.my

封 面 設 計／黃聖文
排　　版／新鑫電腦排版工作室
印　　刷／高典印刷有限公司
總　經　銷／高見文化行銷股份有限公司
電話：(02) 26689005　傳真：(02) 26689790
客服專線：0800-055-365

■2014 年 11 月 20 日二版
定價280元

Printed in Taiwan
城邦讀書花園
www.cite.com.tw

著作權所有，翻印必究 ISBN 978-986-272-704-1

商周出版

廣　告　回
北區郵政管理登記
台北廣字第000791
郵資已付，免貼郵

104台北市民生東路二段141號2樓
英屬蓋曼群島商家庭傳媒股份有限公司　城邦分公司

請沿虛線對摺，謝謝！

商周出版

書號：BX4045X　**書名：**B棟11樓　**編碼：**

請於此處用膠水黏貼

商周出版

讀者回函卡

感謝您購買我們出版的書籍！請費心填寫此回函卡，我們將不定期寄上城邦集團最新的出版訊息。

不定期好禮相贈！
立即加入：商周出版 Facebook 粉絲團

姓名：＿＿＿＿＿＿＿＿＿＿ 性別：□男 □女

生日：西元＿＿＿＿年＿＿＿＿月＿＿＿＿日

地址：＿＿＿＿＿＿＿＿＿＿

聯絡電話：＿＿＿＿＿＿＿＿ 傳真：＿＿＿＿＿＿＿＿

E-mail ：

學歷：□ 1. 小學 □ 2. 國中 □ 3. 高中 □ 4. 大學 □ 5. 研究所以上

職業：□ 1. 學生 □ 2. 軍公教 □ 3. 服務 □ 4. 金融 □ 5. 製造 □ 6. 資訊
□ 7. 傳播 □ 8. 自由業 □ 9. 農漁牧 □ 10. 家管 □ 11. 退休
□ 12. 其他＿＿＿＿＿＿＿＿

您從何種方式得知本書消息？

□ 1. 書店 □ 2. 網路 □ 3. 報紙 □ 4. 雜誌 □ 5. 廣播 □ 6. 電視
□ 7. 親友推薦 □ 8. 其他＿＿＿＿＿＿＿＿

您通常以何種方式購書？

□ 1. 書店 □ 2. 網路 □ 3. 傳真訂購 □ 4. 郵局劃撥 □ 5. 其他＿＿＿＿

您喜歡閱讀那些類別的書籍？

□ 1. 財經商業 □ 2. 自然科學 □ 3. 歷史 □ 4. 法律 □ 5. 文學
□ 6. 休閒旅遊 □ 7. 小說 □ 8. 人物傳記 □ 9. 生活、勵志 □ 10. 其他

對我們的建議：＿＿＿＿＿＿＿＿＿＿

【為提供訂購、行銷、客戶管理或其他合於營業登記項目或章程所定業務之目的，城邦出版人集團（即英屬蓋曼群島商家庭傳媒（股）公司城邦分公司、城邦文化事業（股）公司），於本集團之營運期間及地區內，將以電郵、傳真、電話、簡訊、郵寄或其他公告方式利用您提供之資料（資料類別：C001、C002、C003、C011 等）。利用對象除本集團外，亦可能包括相關服務的協力機構。如您有依個資法第三條或其他需服務之處，得致電本公司客服中心電話 02-25007718 請求協助。相關資料如為非必要項目，不提供亦不影響您的權益。】

1.C001 辨識個人者：如消費者之姓名、地址、電話、電子郵件等資訊。
2.C002 辨識財務者：如信用卡或轉帳帳戶資訊。
3.C003 政府資料中之辨識者：如身分證字號或護照號碼（外國人）。
4.C011 個人描述：如性別、國籍、出生年月日。

請於此處用膠水黏貼